Yevgueni Zamiatin

Nosotros

Ilustración de tapa:
Silvio Daniel Kiko

NOSOTROS
es editado por
EDICIONES LEA S.A.
Av. Dorrego 330 C1414CJQ
Ciudad de Buenos Aires, Argentina.
E-mail: info@edicioneslea.com
Web: www.edicioneslea.com

ISBN: 978-987-718-666-6

Primera edición. Impreso en Argentina.
Noviembre de 2020. Talleres Gráficos Elias Porter.

Zamiatin, Yevgueni
    Nosotros / Yevgueni Zamiatin ; adaptado por Adrián Rimondino. - 1a ed . - Ciudad
Autónoma de Buenos Aires : Ediciones Lea, 2020.
    224 p. ; 23 x 15 cm. - (Novelas clásicas)

    ISBN 978-987-718-666-6

    1. Narrativa Rusa. 2. Novelas. 3. Ciencia Ficción. I. Rimondino, Adrián, adap. II. Título.
    CDD 891.73

Prólogo

En una ciudad de cristal y acero gobernada por el Estado Único, separada por un muro del mudo salvaje, la vida transcurre bajo la inflexible autoridad del "Protector". Allí viven y trabajan los hombres-número, que no tienen ni asomo de vida privada. El "yo" ha sido reemplazado por el "nosotros". Esta novela es el diario secreto de un "número", D-503, constructor de una nave interestelar que deberá llevar al universo el imperio de la razón, dejando de lado los "despreciables" sentimientos de las civilizaciones antiguas. Pero, de pronto, ocurre un imprevisto que lo cambia todo: el narrador se enamora, y en esa sociedad el amor equivale a la rebelión, y el sexo al deseo de libertad. Las peripecias del desdichado D-503, previsiblemente, no pueden tener un final feliz.

Nosotros plantea un mundo totalitario, absolutamente autoritario, donde es fácil adivinar el desengaño del autor por las ideas socialistas que tenía desde sus tiempos de estudiante. El triunfo de la Revolución Rusa en 1917 y la implantación de una sociedad absolutamente distinta al capitalismo que reinaba casi unánimemente en el mundo, cambiaría la historia del siglo XX. Ya nada volvería a ser como antes.

Muchos intelectuales se sintieron atraídos por las ideas socialistas que planteaban una sociedad más justa e igualitaria. Y también fueron muchos los que disintieron cuando la Revolución de Octubre triunfó y transformó de raíz a Rusia. El desencanto enriqueció un nuevo género literario, el de las novelas anti utópicas, es decir, que criticaban con poca sutileza sociedades que se presentaban como superadoras del régimen capitalista y que pretendían la igualdad del género humano. Esta idea, la de la preeminencia de lo social sobre lo individual, conducía inexorablemente hacia el totalitarismo ejercido por un Estado que era dueño de todo, de los medios de producción y de las personas.

Obviamente, esa era una idea muy simplista, que de ninguna manera abarca el universo del cambio social y deja de lado importantes logros del socialismo, que son evidentes en dos áreas: salud y educación. Pero la libertad individual se impone sobre avances fundamentales para las grandes mayorías. *1984*, de George Orwell, publicada por primera vez en 1934, es la obra más célebre en destruir la utopía socialista, redoblando la apuesta con la figura del Gran Hermano que todo lo ve y, por lo tanto, todo lo vigila, reduciendo la vida de hombres y mujeres a una rutina que los iguala para sobrevivir en un mundo mecanizado y absolutamente cruel. La maldad proviene de aquellos que se niegan a aceptar lo colectivo como fin supremo. Orwell reconoció que había leído *Nosotros*, que fue una clara influencia para su novela.

La primera novela anti utópica

Nosotros fue publicada en Nueva York inicialmente en 1924 en una traducción al inglés. La versión en ruso, su idioma original, recién fue editada en 1952, aunque su publicación que estuvo prohibida en la antigua U.R.S.S. hasta 1988. En muchos aspectos es superior a *1984*, siendo menos esquemática, además de que las peripecias del desdichado D-503 están contadas con un estilo conciso que favorece la intriga y el desarrollo de los acontecimientos. De todas formas y como la obra de Orwell, no se deja de aleccionar sobre un futuro nefasto donde imperará un comunismo (a la usanza estalinista) que frustrará los deseos del ser humano para vivir una existencia mejor, con plena felicidad y justicia, y que lo aprisionará en un mundo cruel, absurdo y lúgubre. No se equivoca en definir de esa manera a las verdaderas dictaduras.

Nosotros también es para muchos críticos un antecedente y/o clara influencia de *Un mundo feliz* (1938) de Aldous Huxley.

Me atrevo a disentir en este punto, si bien ambas novelas plantean sociedades futuras despóticas, Huxley apunta al desarrollo imparable de un capitalismo que lleva a transformar los valores humanos y que conduce inexorablemente a la deshumanización. Huxley no está decepcionado del socialismo (aunque nunca comulgó con esa idea), tiene una mirada corrosiva sobre la sociedad occidental del siglo XX, "esto va a terminar mal" nos dice.

Una lectura imprescindible

Nosotros relata magistralmente una sociedad donde aparentemente, reina la felicidad bajo la firme tutela de un Estado Único, representado en una sola persona, el Protector, al que todos deben obedecer. En esa sociedad no hay nombres ni apellidos, las personas son números y así se llaman. Luego de años de guerras, los humanos viven en paz, rodeados por un muro verde que no deben pasar, ya que del otro lado todo es desconocido y peligroso. El problema es que todavía persiste la fantasía en algunos, fantasía que es considerada un grave delito, y por eso hay una operación que la extirpa. La rebelde I-330 anima a nuestro frustrado héroe, D-503, a intentar acabar con ese mundo donde no existe la libertad.

Nosotros nos invita a sumergirnos en aventuras insólitas, deseos inconfesables y la eterna lucha entre el bien y el mal. Muy lejos estamos de los paraísos terrenales de la literatura utópica. Muy atrás quedaron los reinos de la igualdad y justicia social planteados por Moro, Burton, Bacon y otros soñadores. Si bien es una novela pesimista, todavía hay esperanza de cambiar las cosas. Con el mundo actual que tenemos, no parece poco.

Adrián Rimondino

NOSOTROS

1
Una reseña periodística.
El escrito más inteligente.
Un poema.

En ciento veinte días quedará totalmente terminado nuestro primer avión-cohete integral. Pronto llegará la hora histórica en que se remontará al espacio. Un milenio atrás, nuestros heroicos antepasados conquistaron este planeta para someterlo al dominio del Estado Único. El Integral, imponente, formará parte de la infinita ecuación del universo. Y la misión es la de someter al bendito yugo de la razón a todos aquellos seres desconocidos que pueblen los demás planetas y que, tal vez, se encuentren en un deplorable estado de libertad. Y si estos seres no comprenden por las buenas que les aportamos una dicha matemáticamente perfecta, deberemos y debemos obligarles a esta vida feliz. Pero antes de tomar las armas, intentaremos lograrlo hablando pacíficamente.

En nombre del Bienhechor, se pone en conocimiento de todos los números del Estado Único: que todo aquel que se sienta capacitado para ello, está obligado a redactar tratados, poemas, manifiestos y otros escritos que reflejen la belleza y la magnificencia del Estado Único. Estas obras serán las primeras misivas que llevará el Integral al Universo.

¡Salve Estado Único! ¡Salve, nuestro benefactor!... ¡Salve, números!

Con las mejillas encendidas escribo estas palabras. Sí, integraremos esta igualdad, esta ecuación magnífica, que comprende todo el cosmos. Enderezaremos esta línea torcida, bárbara, convirtiéndola en tangente, pues la línea del Estado Único es la recta. La recta magnífica, sublime, sabia, la más sabia de todas las líneas.

Yo, el número D-503, el constructor del Integral, soy tan sólo uno de los muchos matemáticos del Estado Único. No soy capaz de crear una melodía, solamente puedo reproducir lo que veo, lo que pienso y, para decirlo más exactamente, lo que pensamos NOSOTROS, esa es la palabra acertada, la palabra adecuada, y por esta razón quiero que mis anotaciones lleven por título NOSOTROS.

Estas palabras son parte de la magnitud derivada de nuestras vidas, de la existencia matemáticamente perfecta del Estado Único. Siendo así, ¿no formarán por sí solas un poema? Lo creo y lo sé.

Escribo estas líneas y las mejillas me arden. Experimento con toda claridad un sentimiento parecido al que debe de invadir a una mujer cuando se da cuenta, por primera vez, del latido cardíaco de un nuevo y aún diminuto ser en su vientre. Esta obra –que forma parte de mí, y sin embargo yo no soy ella– durante muchos meses la nutriré con la sangre de mis venas, hasta que pueda darla a luz entre dolores para brindarla luego al Estado Único.

Estoy dispuesto, como cualquiera de nosotros, o casi cada uno de nosotros.

2

La danza.
La armonía cuadrada.
X.

Estamos en primavera. Desde la salvaje lejanía, desconocida al otro lado del Muro Verde, el viento nos trae el polen de las flores que reseca los labios —a cada instante es necesario humedecerlos con la lengua— y todas las mujeres que se cruzan conmigo tienen los labios dulces (los hombres también). Esta circunstancia aturde nuestro cerebro.

¡Y qué cielo! Azul intenso, sin la menor sombra de nubes (¡qué mal gusto debieron de tener nuestros antepasados, si aquellas masas de vapor deformes y burdas, eran capaces de emocionar a sus poetas!). Me gusta un cielo puro. Y no solamente me gusta a mí, sino que estoy seguro de que todos amamos este cielo. Todo este mundo ha sido construido en el vidrio eterno, irrompible, que forma el Muro Verde y, también, nuestros edificios. En nuestra Era se ve la azulada profundidad de las cosas, se adquiere una magnitud inédita en ellas y observamos unas ecuaciones maravillosas, que se pueden descubrir en lo más cotidiano, hasta en lo más ordinario.

Esta mañana, por ejemplo, estuve en la fábrica donde se construye el Integral. De pronto mi mirada se fijó en las máquinas. Con los ojos cerrados, como abstraídas, giraban las bolas de los reguladores. Las relucientes palancas se inclinaban a derecha e izquierda, el balanceo era magnífico en los ejes, el puntero de la máquina taladradora crujía al compás de una música imperceptible. Entonces se me reveló la hermosura de aquella danza en las máquinas inundadas de la azulada luz solar.

Luego me pregunté casi involuntariamente: "¿Por qué es hermoso todo esto? ¿Por qué es hermosa la danza?". La respuesta fue: "Es un movimiento regulado, no libre, porque su sentido más profundo es la sumisión estética perfecta, la idealizada falta de libertad. Si es cierto que nuestros antepasados, en los instantes de mayor entusiasmo, se abandonaban a la danza (en las ceremonias religiosas, en los desfiles militares), este hecho puede significar tan sólo que el instinto de no ser libre es innato en el hombre, y nosotros, en nuestra existencia actual, lo hacemos conscientemente…". Me interrumpen: en mi numerador se ha abierto una casilla. Alzó la visita: "Claro, es O-90, dentro de medio minuto llegará aquí, viene a buscarme para dar juntos un paseo".

¡La querida O! Desde el principio me di cuenta de que su aspecto está de acuerdo con su nombre, tiene diez centímetros menos de estatura de lo corriente; es totalmente curvada, como si estuviera torneada, y cuando habla su boca es una O rosada.

Cuando llegó a mi habitación, el volante de la lógica oscilaba todavía en mi interior y la fuerza de la inercia me hizo hablar a O de aquella fórmula que acababa de descubrir, la fórmula que abarca a todo y a todos: seres inteligentes, máquinas y danza.

—Es maravilloso, ¿verdad? —dije.

—¡Sí, es maravillosa la primavera! —contestó O con una sonrisa radiante.

La primavera…, habla de la primavera. ¡Qué absurdas son estas mujeres!, pero no dije nada.

Luego, la calle. La avenida estaba repleta de vida bulliciosa. Cuando hace buen tiempo, solemos aprovechar nuestra hora de asueto, después de la comida, para dar un paseo de compensación. Como siempre, sonaba por todos los altavoces de la fábrica el himno nacional del Estado Único. En filas de a cuatro, los números marchaban al compás de las solemnes melodías... Centenares, millares, todos con sus uniformes gris metálico, con la insignia dorada en el pecho: con el número que nos ha sido asignado por el Estado. Y ya los cuatro de esta hilera somos tan sólo una ola de las incontables que se ven.

A mi izquierda marchaba O-90 (si uno de mis peludos antepasados hubiese escrito estas anotaciones mil años atrás, tal vez habría dicho "mi O-90"); a la derecha otros dos números que no conocía, uno femenino y otro masculino.

Una felicidad brillante lo llena todo, la del cielo azul, las insignias doradas brillan como soles minúsculos, no se ve ni un solo rostro sombrío, en todas partes no hay más que luz, todo parece tejido con una materia luminosa y radiante. Y los compases metálicos: tra-ta-ta-tam, tra-ta-ta-tam, son los escalones de cobre bañados por el sol, y por cada escalón se sube hacia arriba, más arriba, en dirección del azul.

De pronto volví a ver todas las cosas igual que las había visto esta mañana en la fábrica. Tuve la sensación de que cuanto me rodeaba era visto por primera vez: las avenidas rectas como una regla, el reflejo del cristal en el pavimento de la calle, los grandes cubos rectilíneos de las viviendas transparentes, la armonía cuadrada de las huestes en sus pelotones, marchando al compás. No había sido necesario el paso de las generaciones: yo solo había vencido al viejo Dios y a la antigua existencia. Yo solo lo había conseguido todo y me sentía como una torre; no me animaba a mover los codos para que los muros, las cúpulas y las máquinas no se derrumbasen y se hicieran pedazos.

Y en el instante siguiente... un salto a través de los siglos, desde el más al menos. Me acordé de un cuadro en el museo (se trataba de una asociación de contrastes): una calle del siglo XX, una confusión de hombres, engranajes, animales, pasquines, árboles, colores y pájaros... ¡Y aquello había existido realmente! Me pareció tan increíble y absurdo, que no pude dominarme, y me reí con una sonora carcajada. En seguida me devolvió el eco… una risa a mi diestra. Miré hacia la derecha y vi unos dientes blanquísimos y también agudos en el rostro de una mujer desconocida.

–Perdone –dijo–, pero ha estado usted contemplando esto, tan embelesado como un dios de la mitología en el séptimo día de la creación. Da la impresión de estar convencido de que es usted el que me ha creado, lo que es muy halagador para mí.

Dijo esto con absoluta serenidad, casi con respeto (tal vez sabía que soy el constructor del Integral). Y, sin embargo…, en sus ojos o tal vez en sus cejas había una X extrañamente excitante; no supe captar a esta desconocida, me era imposible expresarla en números matemáticos.

Me sentí muy asombrado e intenté en mi aturdimiento fundamentar lógicamente mi risa. Hablé del contraste, del abismo infranqueable entre el presente y el pasado.

–¿Por qué ha de ser infranqueable ese abismo? –me interrumpió.

¡Qué blancos eran sus dientes! Se puede tender un puente encima. Imagínese: tambores, batallones, hombres en fila, en formación… todo esto existió también entonces, de modo que…

–¿No lo ve? –exclamó entusiasmada. (¡Qué extraña telepatía: ella utilizaba las mismas palabras que yo había anotado en mi parte antes de emprender el paseo!).

–Mire –dije–, tenemos las mismas ideas. Ya no somos seres individuales, sino que cada uno de nosotros es uno entre muchos. Nos parecemos el uno al otro tanto…

–¿Está seguro?

Sus cejas formaron un agudo ángulo en dirección a la nariz; así tenía el aspecto de una incógnita, de una X de trazos precisos, y esta circunstancia me inquietó de nuevo. Miré hacia la derecha, a la izquierda y nuevamente a la derecha…, donde marchaba ella, esbelta, ágil y cimbreante como una caña de bambú, I-330 (solamente ahora me di cuenta de su número), a mi izquierda andaba O, que era totalmente distinta a ella, hecha al parecer tan sólo de círculos y curvas, y al final de nuestra fila iba un número masculino que desconocía... Este marchaba doblemente encorvado, como una S. Ninguno de los cuatro se parecía al otro. Los cuatro eran ¡distintos entre sí!

I-330 había captado, por lo visto, mi distraída mirada y exclamó suspirando: ¡Ay-ay-ay!

Y este "ay-ay-ay" era, desde luego, acertado, pero de nuevo había algo en sus facciones y en su voz que me...

Fue por esto que respondí con voz severa:

–Nada de ay-ay-ay. La ciencia progresa y está totalmente claro que, aun cuando no ahora, dentro de cincuenta o cien años...

–...que entonces todos tendremos la misma nariz...

–Sí, la misma nariz –coincidí casi gritando–, pues la diferenciación de los apéndices nasales es motivo de envidia... Si yo tengo una nariz de batata, y otro...

–Pero ¿qué quiere? Su nariz es verdaderamente clásica, como solía decirse en otros tiempos. Pero ¿y sus manos?... Eso, enséñeme sus manos, ¿quiere?

No puedo soportar que me miren las manos. Son tan peludas, están cubiertas de un espeso vello. Y esto es un atavismo loco. Le tendí mis manos y dije con un tono que quería aparentar indiferencia:

–Son manos de mono.

Ella las contempló y luego su mirada se clavó en mi rostro.

–¡Vaya, sí que es un conjunto interesante!

Me midió con una ojeada calculadora y levantó nuevamente las cejas. –Está registrado para mí –sonó la voz llena de orgullo de la sonrosada boca de O.

Habría sido mejor que se callara, su observación sobraba. Además... cómo diría yo..., hay algo que no funciona bien con respecto a la rapidez de su lengua. La vertiginosa rapidez de la lengua siempre ha de ser algo menor que la infinitesimal del pensamiento; de lo contrario constituye un grave defecto.

Desde la torre de los acumuladores, al final de la avenida, el reloj sonoro anunció las cinco. La hora del asueto había terminado. I-330 se marchó con su número masculino y que parece una S. Este tiene un rostro que infunde respeto y que me parece conocer. Sin embargo, no puedo recordar de dónde lo tengo visto, es seguro que me he cruzado con él en alguna parte. Al decir adiós, I me sonrió enigmáticamente.

–Mañana puede echar un vistazo al auditorio 112 –dijo.

Me encogí de hombros:

–Si me dan la orden, es decir…, para el auditorio que acaba de citar…

Pero, con una certeza incomprensible, I-330 me respondió:

–Recibirá la orden.

Esta mujer me causó el mismo efecto desagradable que un miembro irracional, surgido impensadamente en medio de una ecuación; sentí alivio y hasta alegría al poder estar todavía unos minutos a solas con la querida O. Con los brazos enlazados fuimos andando hasta el cruce de la cuarta manzana. En aquella esquina, ella debía girar hacia la izquierda y yo a la derecha.

–Hoy iría con mucho gusto a su casa, para bajar las cortinas. Precisamente hoy, ahora, en este mismo instante… –dijo O, y me miró tímidamente con sus grandes ojos azules.

¿Qué podía responderle? Ayer había estado en mi casa, y ella sabía tanto como yo que nuestro próximo día sexual no sería sino hasta pasado mañana. Su lengua volvía a ser más rápida que sus pensamientos; lo mismo que la prematura explosión (a veces tan perjudicial) de un motor.

Como despedida la besé dos veces; no, quiero ser absolutamente exacto: la besé tres veces en aquellos párpados que cubren sus ojos maravillosamente azules, no enturbiados por ninguna nube.

3
La falda.
El muro.
La tabla de las leyes.

He releído mis anotaciones de ayer, y saco la impresión de no haberme expresado con total claridad. Para nosotros los números, todo resulta tan claro como el agua. Pero, quién sabe, tal vez ustedes, los desconocidos lectores a quienes el Integral llevará mis anotaciones, han leído el gran libro de la civilización sólo hasta la página en que se detuvieron nuestros antepasados de hace novecientos años. Si es así, puede que no conozcan cosas tan elementales como la Tabla de las Leyes de horas: las horas de asueto personal, la norma matriz, el Muro Verde ni tampoco al Bienhechor. Me resulta ridículo, y al mismo tiempo muy difícil, explicarles todo esto. Igual le podía pasar a un escritor, digamos por ejemplo del siglo XX, si tuviera que explicar en su novela lo que es una falda, una vivienda y una esposa. Si su libro fuese traducido para ciertos pueblos salvajes, no podría pasar tampoco sin unas aclaraciones marginales respecto a palabras como, por ejemplo, falda.

Cuando el salvaje leyera falda, pensaría seguramente: "¿Para qué sirve eso? No puede ser más que una molestia". Creo que también ustedes se extrañarán si les digo que desde la Guerra de los Doscientos Años, nadie de nosotros ha visitado las regiones de más allá del Muro Verde.

Pero, estimado lector, trate de reflexionar sólo unos instantes: toda la historia que conocemos de la humanidad es la de la transición del estado nómada a un sedentarismo progresivo. De ello se deduce que la forma vital del sedentarismo más estable y persistente (la nuestra) es también la más perfecta.

Solamente en tiempos remotos, cuando existían todavía las naciones, las guerras y el comercio, los hombres solían trasladarse sin sentido alguno, sin una razón, de un extremo al otro del mundo. ¿Pero para qué? ¿Quién lo precisa en la actualidad?

Confieso que la costumbre de este sedentarismo no se consiguió enseguida ni sin esfuerzo. Durante la Guerra de los Doscientos Años, cuando todas las rutas quedaron destruidas y cubiertas por la vegetación, debía ser bastante desagradable tener que residir en unas ciudades separadas e incomunicadas entre sí por unos desiertos selváticos. Pero ¿qué importancia podía tener esto?

Al perder el hombre su cola de mono, también debió costarle sacudirse de encima las moscas sin ese medio auxiliar. Al principio seguramente debía considerarse muy desdichado sin ella. Seguro que la echó dolorosamente de menos. Ahora, en cambio… ¿podría usted imaginarse a sí mismo con una cola? ¿O caminando desnudo por la calle, o sin falda? (Pero a lo mejor la lleva todavía). A mí me sucede lo mismo: no puedo imaginarme ninguna ciudad sin el Muro Verde, y ninguna vida sin la indumentaria prescrita por la Tabla de las Leyes.

La Tabla de las Leyes: desde la pared de mi cuarto sus letras de púrpura sobre fondo de oro me contemplan con ojos benignamente severos. Involuntariamente se me ocurre pensar en lo que los antiguos llamaron el ícono y quisiera escribir versos o rezar (lo que al fin de cuentas es lo mismo). ¿Por qué no seré poeta, para ensalzarte dignamente, oh Tabla de las Leyes, corazón y pulso del Estado Único?

Todos nosotros (quizá también ustedes) hemos leído en edad escolar el más voluminoso de todos los monumentos conservados de la antigua literatura: la guía de los ferrocarriles. Compárenla por un instante con la Tabla de las Leyes, y observarán que aquella es como el grafito y esta como el diamante (¡hay que ver cómo luce el diamante!), y, sin embargo, ambos, el diamante y el grafito, proceden del mismo elemento C: el carbono; sin embargo, qué transparente y claro es el diamante y cómo brilla.

Seguramente ustedes se quedarán exhaustos al recorrer las páginas de la guía-itinerario. La Tabla de las Leyes de horas, sin embargo, convierte a cada uno de nosotros en el héroe de acero de seis ruedas, en el héroe del gran poema. Cada mañana, nosotros, que somos millones, nos levantamos como un solo hombre, todos a una misma hora, en el mismo minuto. Y a un mismo tiempo, todos, como un ejército de millones, comenzamos nuestro trabajo y al mismo instante lo acabamos.

Y así, fusionados, en un solo cuerpo de millones de manos, llevamos todos al unísono, en un segundo determinado por la Tabla de las Leyes, la cuchara a la boca, y al mismo segundo paseamos, nos reunimos en torno a los ejercicios de Taylor en los auditorios y nos acostamos…

Quiero ser absolutamente sincero: la solución absoluta, definitiva, del problema de la felicidad no la hemos hallado aún: dos veces por día, de las 16 a las 17 horas y de las 21 hasta las 22 horas, el gigantesco organismo se divide en células individuales… Éstas son las horas fijadas por la Tabla de las Leyes para el asueto personal, las horas personales. Durante estas horas se podrá observar el siguiente panorama: unos están sentados en sus habitaciones, detrás de las cortinas cerradas, otros pasean al compás metálico de la marcha por las avenidas y otros aún están detrás de sus escritos, como yo en estos instantes. Pero creo…, no importa que me llamen un idealista o un fantasioso; creo firmemente que cierto día, tarde o temprano, hallaremos también un lugar para estas horas en la fórmula general, y que entonces la Tabla de las Leyes abarcará la totalidad de los 86.400 segundos del día.

He leído y oído muchas cosas inverosímiles de aquellos tiempos en que los hombres, todavía en libertad, vivían sin estar organizados, como salvajes. Pero siempre me resultó incomprensible que el Estado, por imperfecto que fuera, pudiera tolerar que la gente viviera sin unas leyes comparables a las de nuestra Tabla de las Leyes: sin paseos obligatorios, sin horas de comida exactamente fijadas; que se levantaran y se acostasen cuando quisieran; algunos historiadores cuentan, incluso, que las luces permanecían encendidas en las calles durante toda la noche y que la gente merodeaba por la ciudad.

Me resulta imposible concebirlo. Por limitada que fuera su inteligencia, debían darse cuenta de que esta clase de vida era un suicidio, un suicidio lento. El Estado (la humanidad) prohibía matar a una persona, y en cambio no prohibía asesinar a millones de ellas. Matar una significa reducir en 50 años la suma de todas las existencias humanas, y esto es un delito, pero reducir la misma suma en 50 millones de años no lo era. ¿No resulta ridícula esta manera de pensar?

Cualquier número de nuestro Estado, aunque sólo tenga diez años de edad, es capaz de resolver este problema moral-matemático en medio minuto. Ellos, en cambio, no fueron capaces de hacerlo, ni siquiera todos sus Kant (porque ninguno de estos Kant caía en la cuenta de crear un sistema de ética científica, es decir, de una ética que se basa en la sustracción, la adición, la división y la multiplicación).

¿No resulta absurdo que el Estado de aquellas épocas (¡y aquel conglomerado se auto denominaba Estado!) tolerara la vida sexual sin el menor control? Los hombres podían divertirse en el momento que querían y engendraban hijos de la misma forma irracional que los animales, con ciego placer, sin preocuparse de las doctrinas de la ciencia.

¿No es ridículo? Conocían la horticultura, la avicultura y la piscicultura (tenemos fuentes históricas de absoluta autenticidad) y, sin embargo, no fueron capaces de escalar el último peldaño de esta escala lógica: la puericultura. No haber pensado nuestras normas maternas y paternas. Todo cuanto he escrito hasta ahora parece tan increíble que usted, querido lector, tal vez me juzgue un bromista de mal gusto. Pensará que le quiero tomarle el pelo y que digo las más descabelladas tonterías con tono sereno y grave.

Le aseguro, en primer lugar, que no soy capaz de bromear: el chiste, la broma, es una expresión poco clara, y, por lo tanto, una mentira, y, en segundo lugar, la ciencia del Estado Único afirma que la existencia de nuestros antepasados era así y no de otro modo; la ciencia del Estado Único no puede equivocarse, pero, ¿cómo habría podido adquirir la humanidad, si vivía en libertad igual que los animales, que los monos, en manadas, la lógica estatal? ¿Qué se podía, pues, esperar de ella, si incluso en nuestros días se oye, procedente de algún lugar profundo del abismo, el salvaje eco del griterío de los monos?

Por fortuna lo oímos muy pocas veces. Y afortunadamente ejercen sobre nosotros sólo efectos nocivos insignificantes, que podemos eliminar fácilmente, sin interrumpir ni detener el movimiento eterno de toda la máquina. Cuando tenemos que eliminar un punzón torcido… entonces recurrimos a la mano firme, fuerte y hábil del Bienhechor y a la aguda mirada del Protector… Además, ahora me acuerdo, a ese número de ayer, parecido a una S, lo he visto salir alguna vez del Departamento Protector. Ahora comprendo por qué involuntariamente sentí respeto por él y también la razón de por qué quedé molesto cuando la extraña I-330 en su presencia dijo… Debo confesar que esta I…

Tocan para el retiro, el descanso nocturno: son las 22,30. Hasta mañana.

4
El salvaje y el barómetro.
Epilepsia.
Si...

Hasta el día de hoy, mi existencia tenía una absoluta claridad (no es casual que tenga una determinada preferencia por la palabra "claro"). Hoy, en cambio... no puedo concebirla.

He recibido la orden de ir al auditorio 112, tal como ella dijo. A pesar de que la probabilidad para ella era tan sólo en una proporción de un $1.500/10.000.000 = 3/20.000$ (1.500 el número de los auditorios, 10.000.000 la cifra total de los números). Pero quiero contarlo todo sin alterar el orden.

El auditorio es una semiesfera gigantesca de vidrio muy grueso iluminada por el sol. En él, muchas cabezas, rasuradas rigurosamente, redondas como bolas. Miré algo aturdido a mi alrededor. Recuerdo que buscaba en algún lugar, por encima de las azuladas olas de los uniformes, una medialuna sonrosada, los queridos labios de O.

Y allí vi... una hilera de dientes muy blancos, afilados como los de... No, no son esos. Esta noche, a las 21 horas vendrá O a mi casa; el deseo de verla ahí era completamente natural.

Sonó un timbre. Nos levantamos de los asientos, entonamos el himno del Estado Único y en el estrado comenzó a hablar el dorado y reluciente altavoz del inteligente fonolector: "distinguidos números, hace poco tiempo que los arqueólogos encontraron un libro del siglo XX. En él, el irónico autor narra la historia del salvaje y el barómetro. El salvaje había observado que cuando el barómetro señalaba lluvia, llovía realmente. Como el salvaje quería que lloviera, comenzó a sacar mercurio, eliminándolo de la columna, hasta que el barómetro señaló lluvia".

En la pantalla se vio a un salvaje con adorno de plumas que estaba extrayendo el mercurio del barómetro... Se oyeron carcajadas.

"Ustedes se ríen, pero ¿no creen que el europeo de aquella época era mucho más ridículo que este salvaje? El europeo deseaba también la lluvia, pero ¡qué impotente era frente al barómetro! El salvaje, en cambio, tenía valor, energía y lógica, aunque fuera una lógica primitiva, así se dio cuenta de que existe una relación entre causa y efecto. Al sacar el mercurio, daba el primer paso por aquel largo camino que nosotros...".

Aquí (y repito ahora que en estas anotaciones quiero decir la completa verdad), me convertí en impermeable o, para decirlo de otro modo, impenetrable para los tonificantes fluidos que brotaban del altavoz. De pronto me pareció descabellado haber acudido allí (pero ¿por qué descabellado? ¡Tenía que ir, ya que había recibido la orden!). Todo me pareció hueco y vacío. Con gran esfuerzo conseguía volver a concentrarme, cuando el fonolector pasó al tema principal, a nuestra música, a la composición matemática (las matemáticas son la causa; y la música, su efecto), para describir el musicómetro recientemente inventado.

"...se gira simplemente este botón, lo cual posibilita la composición de hasta tres sonatas en una hora. ¡Hay que ver qué esfuerzo requería esto para nuestros antepasados! Eran capaces de componer tan sólo si se ponían en trance de inspiración. Es decir, en un estado patológico de *entusiasmo*, que no es más que una forma de epilepsia. Quiero darles ahora un ejemplo extraordinariamente cómico de lo que eran capaces de producir entonces. Oirán música de Skriabin, siglo XX. Este cajón negro —el telón en el escenario se abrió y pudimos ver un anticuado instrumento musical–, a este cajón lo llamaban entonces *piano de cola*, lo que corrobora nuevamente hasta qué extremo la música…".

He olvidado lo que dijo después, seguramente porque… bueno, quiero confesarlo francamente, porque ella, I-330 se dirigió hacia el piano de cola. Posiblemente me aturdió su inesperada aparición en el escenario.

Llevaba un extraño conjunto tal como debía de ser moda entonces: un vestido negro, muy ceñido al cuerpo. El color negro acentuaba la blancura de los hombros desnudos y del tórax con la sombra cálida y vacilante entre ambos pechos… y sus dientes se destacaban radiantemente blancos, casi perversos…

Nos sonrió. Era una sonrisa severa y mordaz. Luego se acomodó en el asiento y comenzó a tocar. La música era exaltada, salvaje y confusa, como todo cuanto procede de aquella época, carente del racionalismo de lo mecánico. Y todos cuantos estaban sentados con razón reían. Tan sólo unos pocos… Pero… ¿por qué también yo…?

Sí, sí. La epilepsia es una enfermedad mental, un dolor, un dolor de quemazón dulce, como un mordisco, y yo quiero que penetre más profundamente en mi interior, para sentirlo todavía con mayor intensidad. Y entonces, lentamente, nace el sol. No el nuestro, con su resplandor azul claro y uniforme que penetra a través de nuestras paredes de cristal. No, sino un sol salvaje, incontenible, inquieto, abrasador… Ya nada queda de mí… Me deshago en pequeños jirones.

El número a mi izquierda me miraba sonriente. Aún recuerdo que de sus labios colgaba una diminuta burbuja de saliva y que ésta finalmente reventó. Aquella burbujita me hizo volver a la realidad. Volví a sentirme dueño de mí mismo.

Al igual que todos los demás distinguí ya tan sólo el murmullo confuso y atronador de las cuerdas. Reí y todo se volvió súbitamente sencillo y simple. ¿Qué había sucedido?, el fonolector había resucitado aquella época incivilizada. ¡Qué placer escuchar de nuevo nuestra música contemporánea! (La tocaron al final, como contraste).

Las escalas cristalinas, cromáticas de series melódicas fusionándose y desgranándose infinitamente, los acordes de las fórmulas de Taylor y de MacLaurin, las graves cadencias de los cuadrados de las hipotenusas pitagóricas, las graves y melancólicas melodías de unos movimientos rítmicos decrecientes. ¡Qué digna grandeza! ¡Cuánta regularidad inalterable! Y cuán miserable resultaba, en comparación, la música caprichosa, volcada solamente en salvajes fantasías, de nuestros antepasados.

Como de costumbre, todos salieron por la puerta del auditorio en formaciones de a cuatro. Una silueta, ya no desconocida para mí, doblemente encorvado, se cruzó conmigo rápidamente, saludé respetuoso. Al cabo de una hora O vendría a verme. Me embargaba un estado de excitación agradable y al mismo tiempo útil. En casa me dirigí inmediatamente a la administración de la vivienda, exhibí mi billete rosa y así me dieron la autorización para cerrar los cortinajes. Este derecho se nos concede únicamente los días sexuales. Habitamos siempre en nuestras casas transparentes que parecen tejidas de aire, eternamente inundadas de luz. Nada tenemos que ocultar y, además, esta forma de vivir facilita la labor fatigosa e importante del Protector.

Pues si así no fuera, ¡cuántas cosas podrían suceder! Precisamente las moradas extrañas e impenetrables de nuestros antepasados pueden haber sido la causa de que se originara aquella miserable *psicología de jaula*: "mi casa es mi fortaleza". A las 22 horas corrí los cortinajes y en el mismo y preciso instante entró O en mi cuarto. Estaba algo jadeante y me ofreció su boquita rosada y también su boleto rosa. Arranqué el talón y luego…

Únicamente en el último instante, a las 22.15, me separé de los labios rosados.

Le enseñé mis anotaciones y comenté la belleza del cuadrado, del cubo y de la recta, expresándome en forma concisa y rebuscada. Me escuchó en silencio y de pronto brotaron unas lágrimas que cayeron sobre mi manuscrito (página 7). La tinta se quedó aguada y la letra borrosa. Tendré que volver a escribir esa página.

–Querido D, ojalá usted quisiera… si…

–Pero… ¿qué?

Otra vez la misma historia: quiere un hijo, pero no puede ser; resultaría demasiado descabellado.

5
El cuadrado.
Los amos del mundo.
Una acción
agradablemente funcional.

De nuevo me explico de modo poco claro, nuevamente hablo con usted, mi querido lector, como si fuese... Bueno, digamos por ejemplo mi antiguo compañero de estudio, el poeta de los abultados labios negros, por todos conocido.

Usted, en cambio, vive en la Luna, en Venus, en Marte o en Mercurio, y quien sabe qué personalidad tiene y dónde estará.

Para entenderme debe imaginarse un cuadrado, un cuadrado hermoso, lleno de vida. Y que este le ha de contar algo de sí mismo, es decir, de su propia existencia. Al cuadrado jamás se le ocurriría contarle algo acerca de sí mismo, ni que sus cuatro lados son exactamente iguales, ya que de tanto saberlo ni siquiera se le haría evidente; lo consideraría algo demasiado lógico. Y yo me encuentro durante todo este tiempo en la misma situación. Hablemos, por ejemplo, de los billetes o talones rosas y de todo lo que se relaciona con ellos: para mí, estos resultan tan normales como los cuatro lados del cuadrado. En cambio, a ustedes les parecerá este asunto más complicado que el binomio de Newton.

A ver, cierto filósofo antiguo dijo (claro que por casualidad) una sentencia muy inteligente: "El amor y el hambre rigen el mundo". Es decir, para dominar el mundo, el hombre ha de vencer a sus dominadores. Nuestros antepasados han pagado un precio muy alto para acabar con el hambre, y con esto me refiero a la Guerra de los Doscientos Años, la guerra entre la ciudad y el campo.

Probablemente los salvajes debieron de aferrarse tercamente a su pan, tan sólo por unos prejuicios religiosos (esta palabra se utiliza hoy solamente como una metáfora). Pero treinta y cinco años antes de la fundación del Estado Único, se inventó nuestra actual alimentación a base de nafta. Claro que solamente había subsistido un 0,2% de toda la población de la Tierra. Pero para nosotros, los supervivientes de esta tierra purificada y limpia del polvo milenario, irradiaba un resplandor nuevo e insospechado, y este 0,2% pudo disfrutar la dicha del paraíso del Estado Único.

No es necesario dar explicaciones al respecto: ni decir que la dicha y la envidia son el numerador y denominador de aquella fracción llamada felicidad. ¿Qué significado tendrían los incontables sacrificios de la Guerra de los Doscientos Años, si en nuestra existencia hubiera todavía motivos para sentir envidia?

Y, sin embargo, aún existe, ya que siguen habiendo "narices botón" y "narices clásicas" (recuerdo ahora la conversación de nuestro paseo), y muchos luchan por el amor de una persona, en tanto que no se preocupan por la existencia de las demás.

Después que Estado Único venció al hambre, comenzó una nueva guerra contra el segundo dominador del mundo. Por fin quedó vencido también este enemigo, es decir, se le dominó organizándole, al resolver esta incógnita matemáticamente, y hace aproximadamente unos trescientos años entró en vigencia nuestra "Lex sexualis": cada número tiene derecho a un número cualquiera como pareja sexual.

Todo lo restante ya sólo era cuestión de tecnicismo. En el laboratorio del Departamento Oficial para Cuestiones Sexuales, nos hacen un minucioso reconocimiento médico; se determinan exactamente los contenidos de hormonas sexuales, y luego cada uno recibe, según sus necesidades, la correspondiente tabla de los días sexuales y las instrucciones para utilizarla en estos días con fulana o mengana; a este efecto se le entrega a cada individuo cierto cuadernillo de boletos, billetes o talones rosas.

De modo que ya no existe ninguna base para la envidia, ya que el denominador de la fracción de la felicidad está reducido a cero, mientras la fracción se vuelve infinita. Lo que en nuestros antepasados era motivo y fuente de incontables tragedias, lo hemos transformado en una función agradablemente placentera y armoniosa, así como lo hemos hecho también con el descanso nocturno, con el trabajo corporal, con la ingestión de materias nutritivas, con la digestión y todo lo demás. Esto demuestra que la gran energía de la lógica purifica todo cuanto toca. Ojalá también usted, desconocido lector, pueda reconocer esta fuerza sublime y aprender a seguir en todo momento sus directivas.

¡Qué extraño, hoy he escrito sobre los momentos cumbre de la historia de la humanidad! He respirado durante todo el día el aire más puro e intenso que puede regalarnos el espíritu y, en cambio, en mi interior todo es oscuro, todo está envuelto en espesas telarañas. Como la cruz de una X de cuatro extremidades. O eran mis extremidades, porque por largo rato habían estado frente a mis ojos, mis garras velludas. No me gusta hablar de ellas, las detesto, pues son un vestigio de aquella época hundida y remota, la época incivilizada. Acaso sea verdad que en mi interior aún…

En realidad quería tachar todas estas frases, ya que nada tienen que ver con el tema, pero luego he decidido no hacerlo. Mis anotaciones, a semejanza de un sismógrafo, registrarán hasta las más leves oscilaciones de mi mente, de vez en cuando, tales oscilaciones son un aviso preventivo contra…

Pero no, todo esto es absurdo; debería haberlas tachado: ¿no hemos dominado todos los elementos?; así ya no puede llegar ninguna catástrofe.

Ahora, por fin, lo veo todo con absoluta claridad: esta sensación tan extraña se debe únicamente a la especial manera en que me enfrento con ustedes. No hay ninguna X en mí (esto es imposible), simplemente tengo miedo de que quede una X en ustedes, mis desconocidos lectores. Pero creo también que, en caso de que la hubiera, por ella no serían ustedes capaces de condenarme. Comprenderán que el escribir es mucho más difícil para mí que para cualquiera de los escritores de la historia de la humanidad. Unos solían escribir para sus contemporáneos, otros para las generaciones futuras, pero hasta ahora nadie lo ha hecho para sus antepasados, es decir, para unos seres que parecían ancestrales salvajes de épocas muy remotas.

6

Una casualidad.
El maldito "claro".
24 horas.

Lo repito: me he impuesto como obligación, no silenciar el menor detalle en mis anotaciones. Por ello debo contar – aunque lo sienta– que incluso en nuestro propio Estado no ha terminado el proceso de endurecimiento, de cristalización vital. Todavía estamos algo alejados del ideal. Este ideal se encuentra donde ya nada sucede (claro está), pero entre nosotros en cambio... ¿No le sorprendería saber lo siguiente?: hoy leí en el periódico estatal que pasado mañana se celebrará el día de la justicia en la Plaza del Cubo. Esto quiere decir que hay un cierto número de individuos que han inhibido de nuevo la marcha de la gran máquina estatal; otra vez ha sucedido algo imprevisto que no entraba en los cálculos. También a mí me ha sucedido algo durante la hora de asueto, es decir, durante el lapso que está destinado a lo imprevisible.

Volvía a casa a las dieciséis horas o, para ser más exacto, diez minutos antes de las dieciséis horas. De pronto sonó el teléfono.

–¿D-503? –preguntó una voz femenina.

–Sí.

–¿Libre?

–Sí.

–Soy I-330. Pasaré en seguida a buscarlo; vamos a ir juntos a la Casa Antigua. ¿Está de acuerdo?

¡I-330!… Esta I tiene un algo tentador que me repele y casi me asusta. Y por eso, precisamente, le dije que sí.

Cinco minutos después estábamos en el avión. El cielo era azul y el sol cálido nos seguía, sin quedarse atrás. Delante de nuestros ojos se veía, sin embargo, una nube lechosa, fea y abombada, que me molestaba. La ventanilla delantera del avión permanecía abierta, y fuertes ráfagas de viento nos azotaban, resecando mis labios. Inconscientemente los iba humedeciendo con la lengua durante todo el tiempo, sin distraerme por otras ideas.

En la lejanía aparecieron unas manchas turbias; eran las tierras de más allá del Muro Verde. Luego noté un ligero mareo: descendíamos, bajando como por una aguda pendiente y aterrizamos frente a la Casa Antigua.

El edificio carcomido y sombrío estaba protegido totalmente por una gigantesca campana de cristal, si no fuera así se habría derrumbado tiempo atrás. Delante de la puerta de cristal se hallaba sentada una mujer decrépita, muy vieja, su rostro no era más que una serie de pliegues. Parecía increíble que pudiera despegar los labios. Pero nos dijo:

—Hijitos, ¿quieren visitar mi casita? —Su rostro adquirió de pronto una expresión radiante.

—Sí, abuela, he vuelto a tener nostalgia y no podía dejar de venir – respondió I.

Las arrugas se contrajeron a una nueva sonrisa:

—Bueno, entren, me quedaré aquí tomando sol.

Por lo visto, mi compañía debía de ser un huésped o visitante bastante frecuente de esta casa. Por mi parte, sentía la necesidad de sacudirme algo extraño de encima, probablemente se trataba de una impresión penosa, la de aquella nube en el nítido cielo. I dijo:

—Quiero mucho a la anciana.

—¿Por qué?

—No lo sé. Tal vez por su boca. O por ningún motivo especial ni explicable. Sencillamente, la quiero.

Me encogí de hombros. Ella prosiguió, mientras sonreía:

–Me siento culpable. Claro que no debe existir ningún afecto sin un motivo, sólo un aprecio fundamentado en la razón.

–Claro –respondí, pero me callé súbitamente. Al darme cuenta de haber dicho nuevamente la palabra claro. Miré de soslayo a I. ¿Lo había observado ella o tal vez no?

I miraba al suelo. Automáticamente se me ocurrió pensar: "Al andar a las veintidós horas por las calles, pueden observarse en las casas de cristal profusamente iluminadas y transparentes, aquí y allá, algunas habitaciones oscuras, con los cortinajes corridos y detrás... ¿Qué es lo que hará ella entonces? ¿Por qué me ha llamado hoy y qué significa todo esto?".

Abrió una puerta pesada, opaca y chirriante y penetramos en una habitación oscura (¡y a esto llamaban nuestros antepasados vivienda!). Un extraño instrumento musical apareció ante nuestra vista, un piano de cola, y en toda la habitación reinaba el mismo desorden estructural y cromático que en las antiguas partituras musicales. Un techo blanco, las paredes pintadas de gris oscuro, viejos libros con rojas, verdes y anaranjadas encuadernaciones, unos bronces amarillentos (dos candelabros y una estatuilla de Buda), las líneas de los muebles eran de formas elípticas y confusas, sin que pudieran ser encasilladas en una ecuación cualquiera.

Este caos lo soportaba haciendo un gran esfuerzo. Mi compañera, en cambio, debía de tener una constitución más resistente.

–Esta vivienda es la que más me gusta de todas las que hay en la Casa Antigua –me dijo, y de pronto pareció recordar algo. Su sonrisa hacía brillar sus dientes blancos y agudos–. Es la más fea de todas las viviendas de antes.

–El más feo de todos los Estados de antes –rectifiqué yo–. De aquellos miles de Estados microscópicos, que constantemente estaban en beligerancia entre sí, tan crueles.

–Sí, ya sé –me interrumpió con voz grave.

Atravesamos una de las habitaciones en la cual había unas camas para niños (entonces los hijos eran todavía propiedad privada). Y luego una estancia, y otra con espejos relucientes, armarios macizos y enormes, unos sofás de colores insoportables, una chimenea gigantesca y una cama grande de caoba. Nuestro cristal tan hermoso, transparente, existía sólo pobremente representado en los cristales de unas ventanas bastante opacas.

—¡Qué extraño: aquí la gente amaba así, "simplemente", se enardecían, se torturaban! —Nuevamente clavó la mirada en el suelo—. ¡Qué despilfarro tan irrazonable y anti económico de energías humanas!, ¿verdad?

Sus palabras confirmaban mis propias ideas, pero en su sonrisa descubrí durante todo el tiempo una continua incógnita. Detrás de sus párpados semi cerrados había algo que me sacaba de quicio. Quise contradecirla, sentía deseos de increparla violentamente, pero tenía que confirmar sus palabras, darle la razón.

Nos detuvimos delante de un espejo. En este instante sólo veía sus ojos.

Fue cuando pensé: "el hombre es tan imperfecto como estas repugnantes viviendas, su cabeza es opaca y sólo dos ventanas diminutas permiten echar un vistazo a su interior: los ojos". Por lo visto, ella había adivinado mi pensamiento y dijo:

—Bueno, ¡qué!, estos son mis ojos.

Claro que no habló en voz alta, sino únicamente con la mirada.

Delante de mí, dos ventanas oscuras, y detrás una vida ajena y desconocida. Tan sólo podía darme cuenta de que allí dentro ardía un fuego, una brasa, y había también unas siluetas, parecidas a...

Era completamente normal la situación: veía mi propia imagen en sus ojos. Pero esta imagen reflejada no era nada natural y no se me parecía en nada (seguramente a causa del extraño ambiente que nos rodeaba). Experimenté un profundo horror, me sentí cautivo, encerrado como en una jaula y arrastrado por la violenta turbulencia de aquella existencia remota.

–¡Oh, por favor! –dijo I–, vaya un instante a la habitación contigua.

Salí de la estancia y tomé asiento. Desde uno de los estantes de libros parecía sonreírme el rostro asimétrico, con nariz aplastada, de un antiguo poeta (me parece que era Pushkin). ¿Cómo es posible que yo esté sentado en este lugar y acepte con indiferencia esa sonrisa? Además, ¿por qué estoy aquí? ¿Y a qué se debe esta extraña circunstancia, este estado, este juego tan misterioso?

Oí cómo, en la habitación contigua, se cerró la puerta de un armario. También me di cuenta de un suave roce de seda y necesité toda mi fuerza de voluntad para no entrar, enojado por mis deseos de recriminarla duramente.

Pero ya venía. Llevaba un vestido anticuado, corto, un sombrero y medias negras. El vestido era de una seda muy fina y transparente, permitiéndome reconocer que las medias le llegaban encima de las rodillas. Su escote parecía desnudo y pude observar la sombra entre sus pechos.

–Seguramente pretenderá que considere todo esto muy ingenioso. Pero, ¿acaso cree realmente que yo?…

–Sí –me interrumpió I–. Ser ingenioso quiere decir ser personal, diferenciarse de los demás. De modo que lo ingenioso, lo original, destruye la igualdad. Lo que en el lenguaje idiota de nuestros antepasados se llamaba banal, lo llamamos nosotros en este caso cumplir con nuestro deber.

Ya no pude dominarme.

–No hace falta que me diga a mí esas cosas.

Entonces, ella se encaminó hacia el busto del poeta de nariz aplastada, clavó nuevamente la mirada en el suelo y dijo, al parecer muy seriamente algo inteligente:

–¿No encuentra extraño que la gente haya tolerado en cierta época a tipos de esta clase? ¿Y no solamente tolerado, sino que los haya venerado? ¡Qué espíritu tan servil!, ¿verdad?

—¡Claro! (¡Ese maldito claro!).

—Bueno, bueno, ya entiendo. Y estos poetas eran más poderosos que los soberanos de corona y cetro de aquella época. ¿Por qué no se les aisló o se les exterminó? Nosotros, en cambio...

—Sí, nosotros, —comencé, pero súbitamente ella prorrumpió en una irónica carcajada. Recuerdo ahora que yo temblaba. De buena gana la habría agarrado y ya no sé lo que le habría hecho. Tenía que hacer algo, cualquier cosa, pero algo. Con gestos casi automáticos, abrí mi insignia dorada y consulté el reloj. Faltaban diez minutos para las cinco.

—¿No le parece que ya es tarde para nosotros? —le dije aparentando indiferencia.

—¿Y si le rogase que se quedase aquí, conmigo?

—¿Pero no se da cuenta de lo que dice? Dentro de diez minutos tengo que estar en el Auditorio.

—Todos los números tienen la obligación de asistir al curso de arte y ciencia —dijo I, imitando mi propia voz. Luego alzó los ojos y me miró; detrás de aquellas oscuras ventanas, sus ojos ardían—. Conozco cierto médico del Departamento de Salud Pública; sé que le gusto. Si se lo pido, la extenderá un certificado de enfermedad. ¿Qué le parece?

Comprendí de pronto. Comprendí, por fin, dónde terminaba todo este juego.

—¡Sólo faltaba esto! Usted sabrá, lo mismo que yo, que si fuera un número honesto y cumplidor, como los demás, debería ir sin pérdida de tiempo a ver a los Protectores y...

—Realmente sí, pero irrealmente —sonrió con ironía— me gustaría, ¡no puede imaginarse cuánto!, saber si irá o no.

—¿Se queda aquí? —Extendí mi mano hacia el pomo de la puerta.

—Por favor, un instante, ¿me permite?

Se fue hacia el teléfono, marcó un número —yo estaba demasiado excitado para retenerla— y dijo:

—Le espero en la Casa Antigua. Sí, estoy sola.

Giré el pomo metálico y frío:

—¿Me permite utilizar su avión?

—Claro.

Delante de la puerta de salida, la anciana vegetaba como una planta, bajo el sol. Nuevamente quedé maravillado de que aquella boca que parecía pegada para el resto de la eternidad se abriese, diciendo:

—¿Y su amiga está sola en la casa?

—Sí, está sola.

La anciana meneó la cabeza, sin decir una palabra. Incluso su ya debilitada mente parecía comprender cuánta locura y temeridad había en la actitud de aquella mujer.

A las cinco en punto me encontraba en el Auditorio. De pronto recordé que no había dicho la verdad a la vieja. I no estaba sola. Tal vez era esto lo que me martirizaba y distraía: el hecho de haber engañado involuntariamente a la anciana.

Son las 21.30. Tuve una hora de asueto. Habría podido ir aún a los Protectores para hacer la denuncia. Pero esta historia tan tonta me había fatigado. Además, el plazo legal para una denuncia es el de dos veces veinticuatro horas. De modo que hay tiempo hasta mañana.

7

La pestaña.
Taylor.
El beleño y campánulas.

Es de noche. Verde, naranja, azul, un piano de cola de caoba, un vestido de color limón. Y un Buda de metal que, de pronto, levanta los metálicos párpados y por las cuencas sale jugo. También por el vestido amarillo corre jugo y en el espejo hay pequeñas gotas como perlas, la cama grande y las camitas de niños gotean y dentro de un instante también lo haré yo. Sufro un sobresalto.

Me desperté. Vi una luz azulada, el vidrio de la pared relucía y también las sillas y la mesa de cristal. Esto me tranquilizó, y mi corazón ya no latió tan agitadamente. Jugo, Buda... ¡qué barbaridad, qué estupidez! Tengo la sensación de estar enfermo. Antes jamás soñé. Los sueños son algo que nuestros antepasados calificaban como una cosa absolutamente normal y cotidiana. Claro, toda su existencia era un terrible y agitado carrusel: verde, naranja, Buda, jugo. Pero, en cambio, nosotros sabemos que los sueños son una peligrosa enfermedad psíquica. Y yo también sé que hasta mi mente funcionaba cronométricamente. Era un mecanismo en el que no existía ni un grano de polvo, pero ahora...

Sí, me estoy dando cuenta de que en mi cerebro existe un cuerpo extraño, como una fina pestaña en el ojo: uno se siente bastante bien, pero hay una molestia en el ojo. Ni siquiera por un segundo es posible olvidarlo. Dentro de mi almohada tintinea un sonido claro, son las siete, hay que levantarse. A través de las paredes de cristal, a derecha e izquierda, como si fuera el reflejo de mí mismo: mi habitación, mi ropa, mis movimientos se multiplican hasta el infinito. Esta circunstancia me infunde valor, me siento como parte de un engranaje en un organismo gigantesco y uniforme.

¡Y hay que ver qué belleza tan completa; ni un gesto superfluo, ni una inclinación, ni un giro innecesario!

Desde luego, Taylor fue sin duda el hombre más genial de todos los tiempos. Claro que su método no llegó a fiscalizar toda la existencia, es decir, cualquier paso durante la totalidad de las veinticuatro horas del día; no fue capaz de integrar en su sistema cada instante del día y de la noche. Sin embargo, ¿cómo pudieron ser capaces las personas de entonces de escribir bibliotecas enteras sobre Kant, mientras que a Taylor, el profeta con facultades para prever el futuro de diez siglos más allá, apenas fue mencionado?

El desayuno había terminado. A los sones del himno del Estado Único, marchábamos ahora en filas de a cuatro hacia el ascensor. Descendíamos rápidamente, cada vez más abajo, sentí un ligero mareo.

Nuevamente me preocupó el disparatado sueño, e intenté achacarlo a alguna función oculta en la que tenía su origen y causa. Ayer, al aterrizar el avión, tuve la misma sensación.

Ha sido un gran acierto mi conducta tan decisiva y brusca frente a ella. Con el metropolitano me desplacé a la fábrica, donde el caparazón esbelto del Integral reluce al sol. Cerré los ojos y soñé en ciertas fórmulas: así, a ojos cerrados, volví a calcular el índice que debía de tener la velocidad de despegue del Integral. Durante cada átomo de segundo ha de transformarse la masa del Integral (despidiendo calor explosivo). Así llegué a una ecuación en extremo complicada con magnitudes trascendentales. Como en sueños, vi que alguien tomó asiento a mi lado, me dio un leve codazo y murmuró "perdón".

Abrí los ojos y al principio tuve la sensación de que volaba vertiginosamente por el espacio (en asociación con el Integral): era una cabeza que volaba, porque tenía unas orejas que tenían apariencia de alas. Luego la curva del doblado cuello, la espalda. Era una figura doblada en dos sentidos, como una S.

Y entonces, a través de los muros de cristal de mi mundo algebraico, me volvió a herir un par de pestañas; ¡qué sensación desagradable!

Pero sonreí y me incliné ante mi vecino, esbozando un saludo. En su insignia brillaba el número S-4711 (seguro que por esta razón le había asociado siempre a la letra S). Se trataba de una impresión óptica, no registrada por el consciente. Sus ojos relucían, eran dos barreras hirientes y afiladas que giraban cada vez más rápido para penetrar poco a poco en lo más profundo de mi mente. Dentro de un momento darían contra el fondo y verían incluso lo que yo mismo me ocultaba. Acaso lo más sencillo sería confesarle inmediatamente a este número todo.

–¿Sabe usted? Ayer estuve en la Casa Antigua… –Mi voz sonó ajena a mí mismo.

–¡Oh, eso es magnífico! –me respondió–. Nos puede proporcionar material para unas deducciones verdaderamente instructivas.

–Pero no estuve allí completamente solo. Me acompañó el número I-330 y entonces…

–¿I-330? Lo felicito. Se trata de una mujer muy interesante, de un gran talento. Tiene muchos admiradores.

Ahora me acordé. Él la había acompañado durante aquel paseo. A lo mejor estaba incluso prendido a ella. No, no me sentía capaz de contarle nada de aquello. Era imposible decírselo, no me cabía la menor duda.

–Es cierto, muy interesante. –Sonreí con una expresión bobalicona, cada vez más acentuada, y me di cuenta también de que mi sonrisa me ponía al descubierto con toda mi necesidad.

Las barrenas parecían taladrar hasta lo más hondo de mi ser, luego rápidamente retrocedían. S también sonrió misteriosamente, pero fue hacia la puerta. Abrí el periódico (me parecía que todo el mundo me miraba). Una noticia llamó especialmente mi atención; me afecté tanto, que por su texto olvidé todo lo demás. Se trataba de una noticia breve:

"Como se ha sabido por fuentes bien informadas, se descubrieron los indicios de una organización que hasta ahora no se ha podido desarticular, cuya finalidad es liberar a los números del benefactor yugo del Estado".

¿Liberación? Resulta sorprendente darse cuenta de lo intensos y poderosos que son los instintos delictivos de la humanidad. Y lo digo a plena conciencia: delictivos. Los conceptos de libertad y delito están tan estrechamente vinculados como, por ejemplo, el movimiento de un avión con su velocidad: si la velocidad de un avión es cero, entonces este no se mueve; lo cual es absolutamente cierto. Si la libertad del hombre es cero, entonces no comete delitos. El único medio de preservar al hombre del crimen es salvaguardarse de la libertad. Apenas lo hemos conseguido y ya vienen unos miserables a intentar destruirnos.

¡No, no lo comprendo! No concibo por qué no fui ayer mismo a ver a los protectores. Pero hoy lo haré, sin falta, tan pronto como hayan dado las 16 horas.

A las 16.10 me marché de casa y en la esquina más próxima encontré a O. Me alegra haber tropezado con ella; así podré consultarle el caso –pensé–, pues tiene un sano sentido común. Seguramente me comprenderá y podrá ayudarme.

Las chimeneas de la fábrica de música entonaban con estruendo el himno del Estado Único, la marcha cotidiana. ¡Qué agradable y satisfactoria es esta marcha de cada día!

O me tomó del brazo y dijo:

–Vamos a dar un paseo.

Sus ojos azules miraban abiertos y despejados; parecían dos ventanales grandes y claros, y sin obstáculo alguno yo podía penetrar en ellos sin tropezar con nada enigmático. Nada se ocultaba detrás, nada ajeno ni superfluo, absolutamente nada.

–No, no tengo tiempo –y le dije adónde pensaba ir.

Pero cuál no sería mi sorpresa al observar que su boca redonda y rosada se convirtió en una media luna, con los vértices señalando hacia abajo, como si hubiera ingerido ácido. No pude disimular mi indignación:

–Ustedes, los números femeninos, son incurablemente taradas por prejuicios, no tienen la menor capacidad para pensar en abstracto. ¡Qué insensatez!

–Usted va con la intención de codearse con espías. En cambio, yo he estado en el museo botánico y le he traído un ramito de campánulas.

Pero, ¿por qué "en cambio, yo", por qué este "en cambio"? Sí, sí, es el eterno femenino.

Enfurecido (sí, lo confieso, estaba furioso), acepté las campánulas diciéndole:

–Tome, huela un poco estas flores. Tienen buen perfume, ¿verdad? Menos mal que posee bastante sentido de la lógica como para darse cuenta de esto: las campánulas tienen un aroma agradable. ¿Pero acaso puede esto decir lo mismo del concepto olfato, de si este es bueno o malo? ¿Verdad que no? Hay aromas de campánulas y existe también el desagradable olor del beleño: los dos son olores. El Estado de nuestros antepasados tenía espías y nosotros también los tenemos. Sí, espías. Yo no le temo a esta palabra, ya que es evidente que el espía de entonces, en aquellas épocas, era el beleño, y, en cambio, los nuestros son las campánulas. Sí, las campánulas.

Y le dije con voz más fuerte:

–Sí, campánulas. Nada hay de risible en ello, absolutamente nada.

Nos cruzábamos continuamente con unas cabezas calvas y redondas, todas se volvían sorprendidas. O me tomó del brazo cariñosamente:

–Está usted muy raro, hoy. ¿No estará enfermo?

El sueño, el vestido amarillo… El Buda… Claro, tenía que ir al Departamento de Salud.

–Sí, realmente estoy enfermo –afirmé con gran satisfacción (¡qué contradicción tan inexplicable!). ¿Por qué me alegraba?

–Vaya cuanto antes al médico. Ya sabe que tiene la obligación de conservar la salud. Resultaría ridículo que precisamente yo se lo tuviera que aconsejar y recordar.

–Desde luego, tiene usted toda la razón, mi querida O, toda la razón.

Así es que no fui a ver a los Protectores. No había otro remedio que encaminarse al Departamento de Salud. Allí me retuvieron hasta las 17 horas.

Por la noche vino a visitarme O (además, los Protectores no están por la noche). No corrimos las cortinas y nos pusimos a resolver los problemas de un antiguo libro de matemáticas, una ocupación de esta clase tranquiliza y purifica el espíritu. O-90 se inclinaba encima de su libro, mantenía la cabeza ligeramente ladeada y, de tanto esforzarse, su lengua parecía querer perforar la mejilla izquierda. ¡Qué momento tan encantador y colmado de sencillez! También en mi interior todo era tranquilidad, nada quedaba por resolver, todo era exacto y simple.

Ella se marchó y volví a estar solo. Respiré dos veces hondamente (esto es muy bueno, antes de ir a descansar) y de me di cuenta de un extraño olor que me repugnaba.

Pronto averigüé de dónde venía: en mi cama descubrí escondido el tallo de una campánula. Me puse nervioso. El detalle me sublevaba, y de pronto hubo un nuevo caos en mi interior. Realmente, había sido una grave falta de tacto, dejar estas campánulas en mi cama.

Bueno, hoy tampoco he ido a los Protectores, pero no es mi culpa estar enfermo.

8
La raíz irracional.
R-13.
El triángulo.

Hace muchos años, cuando todavía frecuentaba la escuela, tuve mi primer encuentro con la raíz de -1. Recuerdo todavía con exactitud todos los detalles en esa aula con forma de campana, de esa escuela, y me acuerdo también de los centenares de cabezas redondas de muchachos, y de Pliapa, nuestro profesor de matemáticas.

Le habían dado el apodo de "Pliapa" porque estaba bastante desgastado, y cuando el alumno de turno enchufaba el contacto en su espalda, el altavoz solía decir siempre "pliapa-pla-plach" y a continuación comenzaba la clase de matemáticas. Cierto día, Pliapa nos contó algo acerca de los números irracionales y aún recuerdo que golpeé en la mesa, exclamando:

—No quiero la raíz de -1. ¡Quítenmela de encima, sáquenme la raíz de -1!

Esta savia irracional crecía en mi interior como si se tratase de un cuerpo extraño, ajeno a mi naturaleza, era un producto terrible que me consumía. No se podía definir esta raíz ni tampoco combatir su nocividad, porque estaba más allá de lo racional.

Y ahora, de pronto, esta raíz volvía a dar señales de vida. Repasé mis anotaciones y reconocí que me había creído astuto y engañado a mí mismo, tan sólo para silenciarme la existencia de la raíz de -1. No es más que una insensatez la idea de que estoy enfermo, bien habría podido ir a los Protectores. Tres días atrás seguramente no lo habría pensado mucho para correr enseguida a verlos. Pero ahora, ¿por qué?

Hoy sucedió exactamente lo mismo que ayer. A las 16 en punto estaba de nuevo ante el reluciente muro de cristal. Encima de mi cabeza las letras doradas del rótulo destellaban bajo el brillo del sol. A través de las paredes transparentes vi dentro del edificio una larga hilera de uniformes azul-grisáceos. Sus rostros estaban radiantes como las mismas lámparas de las iglesias de épocas remotas. Habían acudido para realizar una buena obra, para sacrificar a sus seres amados, a sus amigos y hasta a sí mismos en el altar del Estado Único.

Y yo sentía el anhelo de reunirme rápidamente con ellos para hacer otro tanto. Pero no fui capaz, mis pies parecían haberse hundido profundamente en el pavimento de cristal, como si estuvieran anclados para siempre. Me di cuenta de que tenía la mirada perdida, que era incapaz de dar un solo paso.

—¡Eh, matemático!, ¿qué está soñando?

Me encogí sobresaltado. Vi unos ojos negros y unos labios abultados como los tienen los negros. El poeta R-13, mi viejo amigo, estaba parado delante de mí y a su lado O, la sonrosada criatura.

Me volví fastidiado (si no me hubiesen estorbado, tal vez habría conseguido exterminar de cabo a rabo a raíz de -1 arrancándomela de cuajo).

—No, no estoy soñando, solamente estaba contemplando algo con mucha atención.

—Bueno, bueno. Usted no debería haber sido un matemático, sino un poeta. Venga con nosotros, con los poetas. Si quiere, lo arreglo en seguida.

R-13 habla con una rapidez indescriptible, habla mucho y muy rápido, las palabras parecen salir atropellándose de su abultada boca; cada una de las "p" es como un surtidor.

—Soy un servidor de la ciencia y seguiré siéndolo –respondí con expresión sombría. No me gustan las bromas pesadas, ni siquiera las imagino. Pero R-13 tiene la mala costumbre de hacer bromas.

—¡Bah, abandone su ciencia! La ciencia no es más que cobardía. Ustedes no pretenden más que rodear lo infinito con un pequeño muro y al mismo tiempo tienen miedo de mirar más allá del muro. Sí, señor. Y cuando miran al otro lado, cierran los ojos.

—Los muros son el comienzo de aquella humana… –comencé la frase, pero R me regó con un verdadero surtidor; O reía, pletórica de vida. Hice un gesto de indiferencia: "Ya pueden reírse, no me importa. No tenía el menor motivo para estar alegre. Tenía que hacer algo para adormecer a la maldita raíz de -1.

—Qué les parece –dije– si nos vamos a mi habitación para dedicarnos a resolver algunos problemas matemáticos. –Recordé la hora llena de paz que disfrutamos ayer: tal vez se repetiría.

O miró a R, luego enfocó sus ojos redondos y claros en mi rostro y sus mejillas quedaron invadidas del tierno matiz rosado que tienen nuestros billetes.

—¿Hoy? –preguntó–. Tengo un billete para él –y con la cabeza señaló sobre R– y por la noche está ocupado, de modo que…

Los labios húmedos como el esmalte chasquearon:

—Podemos arreglarnos también con una hora, ¿verdad, O?, aunque sus problemas matemáticos no me interesan. Podemos ir también a mi casa para conversar y charlar.

Tenía miedo de quedarme a solas con mi propio yo, o, mejor dicho, con este nuevo y extraño ser humano que por casualidad llevaba mi número, el D-503. Así fue como seguí la sugerencia de R. Le falta desde luego el ritmo exacto, ya que tiene una lógica confusa y ridícula, pero, no obstante, somos amigos. Por algo hemos elegido, desde hace ya tres años, a esta

O sonrosada y encantadora. Esto nos une aun más que los años de estudio que compartimos.

Luego estuvimos en el cuarto de R. A primera vista todo ofrecía el mismo aspecto que en el mío. La Tabla de las Leyes, las sillas de cristal y el armario, la mesa y la cama también de cristal. Pero apenas ingresó R en la estancia, y movió los sillones a su gusto, los planos desaparecieron súbitamente, el sistema de ordenación tridimensional quedó como borrado del mapa y nada era ya euclídico.

R sigue siendo el mismo de siempre. En la ciencia de Taylor y en matemáticas era siempre el último de la clase.

Estuvimos charlando del viejo Pliapa: de cómo habíamos pegado a sus piernas de cristal nuestras cartitas de gratitud (queríamos mucho a Pliapa). Luego estuvimos hablando de nuestro maestro de religión (en esa clase no aprendimos, obviamente, los diez mandamientos de nuestros antepasados, sino las leyes del Estado Único). Este profesor tenía una voz extraordinariamente penetrante y fuerte, parecida a los aullidos de una tormenta, los cuales eran reproducidos por el altavoz. Y nosotros, los niños, repetíamos el texto en voz alta.

Un día, R-13, que ya era desprejuiciado, le había llenado el altavoz con papel secante masticado, y a cada palabra, el altavoz disparaba bolitas de papel. Recibió lógicamente su castigo, ya que había sido una travesura reprobable, pero lo confieso, todos nos reímos.

—Desde luego, si el profesor de religión hubiese sido de carne y hueso, como los maestros de épocas remotas, seguramente habría comenzado a escupir furiosamente.

Una carcajada brotó de los labios abultados de R al recordar la travesura.

El sol, penetrando a través del techo y de las paredes, se reflejaba en el suelo. O se hallaba sentada en las rodillas de R y en sus ojos había un brillo húmedo. Me había emocionado y enternecido con los recuerdos y tenía una sensación agradable al despedirme. La raíz irracional ya no daba señales de vida.

–¿Cómo va el Integral? ¿Podremos ir pronto a ver a la gente de Marte? Tendrán que apurarse, ustedes los matemáticos, de lo contrario se les adelantarán los poetas; escribiremos tantos versos que su Integral, de tanto peso, ya no podrá despegar de tierra. Ustedes tienen que llevar la dicha a los habitantes de Marte. Escribimos cada día de las ocho hasta las doce...

R meneó desaprobador su cabeza y se rascó la espalda. La tiene tan cuadrada, que desde atrás ofrece el aspecto de una valija atada con correas.

De pronto sentí que la vida pulsaba más animadamente en mi interior.

–¿Es que usted escribe también para el Integral? –le pregunté–. ¿Sobre qué tema? Por ejemplo, ¿qué ha escrito hoy?

–Hoy no escribí ni una línea. Tenía otras preocupaciones.

–¿Cuáles?

R puso cara de pocos amigos.

–Cuáles, cuáles... ¿Se empecina en saberlo? Bien, tuve que ocuparme de un fallo, una condena. He poetizado una condena. Uno de esos idiotas, de nuestros poetas... Sí, sí, ha estado sentado a nuestro lado durante dos largos años y parecía totalmente normal y, sin embargo, de pronto empieza a gritar: "Soy un genio, soy un genio, para mí no hay ley que valga", y otras cosas por el estilo, y claro, ahora...

El esmalte negro de su mirada había perdido el brillo. R-13 se levantó con gesto agobiado, le dio la espalda, que era como una valija herméticamente cerrada, y yo pensé: "¿Qué estará buscando ahora en su valija?".

–Afortunadamente, los tiempos antediluvianos de los Shakespeare y de los Dostoievski, o como quiera llamárselos, ya han pasado –dije con voz intencionadamente fuerte.

R se volvió para poder mirarme a los ojos. Las palabras brotaban, atropelladas de su boca, pero me pareció ver que sus pupilas no conservaban su habitual viveza.

–Sí, querido matemático: afortunadamente, como dice, somos todos unas magnitudes aritméticas mediocres y dichosas… ¿No es así como lo llamamos? Integrar desde el cero hasta el infinito, desde el cretino hasta Shakespeare.

No sé por qué, se me ocurrió pensar en I-330 y recordar su voz. Había un cierto hilo, fino que establecía una ligazón entre ella y R-13. Pero ¿qué clase de ligazón? Y de nuevo la irracional raíz de -1 pareció moverse. Abrí mi insignia: las 17.35. O disponía, según el billete, aún de 45 minutos.

–Tengo que irme.

Besé a O, estreché la mano de R y me dirigí al ascensor. Ya fuera, me dispuse a cruzar la calle, volviéndome un instante. En el bloque de cristal claro, bañado por el sol había unas células opacamente azuladas: eran unas células ritmificadas e impregnadas por la dicha de Taylor. Atisbé en dirección al séptimo piso, donde se encontraba la habitación de R-13. Los cortinajes estaban corridos.

Querida O, querido R, hay en este último algo que no comprendo. Y, sin embargo, él, yo y O formamos un triángulo que no tiene lados equiláteros, pero que no por ello deja de ser un triángulo. Somos, para decirlo con las palabras que utilizarían nuestros antepasados, una gran familia. Y está muy bien poder descansar un rato y encerrarse, salvaguardándose contra todo, en un triángulo simple, fuerte y sin complicaciones.

9
Liturgia.
Yambas y tróqueos.
La mano férrea.

El día es radiante. En un día así, cualquiera puede olvidar sus preocupaciones. Las insuficiencias y los defectos son cristalinos, eternos, como nuestro vidrio limpio e irrompible.

En la Plaza del Cubo, sesenta y seis gigantescos círculos concéntricos: las tribunas. Y sesenta y seis hileras. Los rostros brillantes, serenos, como las lámparas de las iglesias de nuestros antepasados, reflejan el resplandor del cielo o, tal vez, el esplendor del Estado Único. Unas flores rojas como la sangre son los labios de las mujeres. Unas guirnaldas delicadas son los rostros infantiles de la primera fila, delante de todo, muy cerca del lugar de la ceremonia de ritual. Reina una paz profunda y solemne.

Las narraciones de tiempos remotos que se han conservado como reliquias demuestran que nuestros antepasados no experimentaban esto durante los actos religiosos que celebraban. Pero claro, ellos servían a un dios necio y desconocido, mientras que nosotros, en cambio, veneramos una divinidad conocida hasta en sus mínimos detalles.

Su dios no les brindaba más recompensa que una búsqueda eterna y martirizante, y a aquel dios no se le ocurría cosa mejor que sacrificarse por ellos por un motivo inentendible.

Nosotros, en cambio, brindamos a nuestro Dios, al Estado Único, un sacrificio racional minuciosamente pensado. Sí, este sacrificio es una liturgia solemne para el Estado Único, un recuerdo de los días difíciles y de los tiempos de la Guerra de los Doscientos Años, el día solemne de conmemoración de la victoria de la masa sobre el individuo, de la suma sobre la cifra. En los escalones del cubo bañado por el sol se erguía un individuo, un número. Su rostro era pálido; no, mejor dicho, ya no tenía color alguno, era cristalino, transparente como sus labios. Solamente sus ojos eran como dos negros abismos, que absorbían aquel mundo al cual también él había pertenecido, hacía tan sólo unos pocos minutos.

Le habían quitado la insignia dorada con su número, estaba maniatado con una cinta de color púrpura, una antiquísima costumbre que seguramente tiene su origen en que los hombres de antaño, cuando esto aún no se realizaba en nombre del Estado Único, se creían con derecho a ofrecer resistencia y, para evitarlo, se los tenía que encadenar.

Arriba del todo, encima del cubo, al lado de la máquina, se erguía silencioso, como fundido en bronce, aquel que llamamos el Bienhechor. Su rostro dirigido hacia abajo no se distinguía desde las gradas, y tan sólo se podían ver sus contornos severos, majestuosos y cuadrados. Pero sus manos recordaban unas como a veces pueden verse en las fotografías: las que, por estar demasiado cerca de la cámara fotográfica, aparecen gigantescas y cubren y tapan todo lo demás. Estas manos pesadas, que todavía posaban inactivas encima de las rodillas, eran como rocas; las rodillas apenas podían soportar su terrible peso.

De pronto, una de ellas se alzó muy lentamente, en un gesto medido y severo. Obedeciendo a la mano levantada, uno de los números abandonó la tribuna, obedeciéndola, para dirigirse hacia el cubo. Era el poeta estatal, al que se le había otorgado el honor y la dicha de bendecir este día de fiesta con sus versos. El ritmo divino, metálico, atronó por encima de las tribunas y sobre aquel malhechor de mirada vidriosa que, plantado en los escalones, esperaba las consecuencias lógicas de su insensatez.

El poeta recitó:

"¡Es como un incendio! Los cimientos de las edificaciones tiemblan, para convertirse en oro líquido, que se desmorona con ruido ensordecedor. Los verdes árboles se doblan, se hunden y caen, la savia corre. En un abrir y cerrar de ojos, se han convertido en esqueletos carbonizados. Entonces aparece Prometeo (con eso se hace alusión a nosotros, naturalmente)".

"Domó el fuego, convirtiéndose en máquinas y acero, y forjó el caos, al que puso las cadenas de la Ley".

"Todo era nuevo, todo era brillante: el sol era acero, los árboles, los hombres; pero de pronto venía un demente y "liberaba" al fuego de su cadena… ¡Y nuevamente todo debía sucumbir!".

Desgraciadamente, tengo una memoria muy flaca para los poemas, pero aún los recuerdo en esencia: apenas puede existir una metáfora más hermosa ni más instructiva.

De nuevo se produjo un ademán pausado y severo y un segundo poeta ascendió por los escalones del cubo. Casi habría saltado de mi asiento, ¿acaso la imaginación me jugaba una mala pasada? No, era él, mi amigo R-13. ¿Por qué no había querido confiarme que sería objeto de tan grande honor? Sus labios temblaban, estaban totalmente lívidos. Comprendí: esto de hallarse delante del Bienhechor casi sobrepasaba la medida de nuestras fuerzas y, sin embargo, ¿cómo era posible que estuviera tan excitado?

Acto seguido, unos versos, rápidos, acerados: como golpes de hacha. Daban cuenta de un delito inaudito, de unos versos profanadores en que el Bienhechor había sido apodado con unas denominaciones horrorosas, no soy capaz de repetir aquellas palabras.

R-13 estaba lívido como la muerte, con los ojos clavados en el suelo (jamás habría soñado que pudiese ser tan tímido); descendió por los escalones y volvió a acomodarse en su asiento. Durante la fracción de un segundo vi a su lado a cierto rostro, un triángulo severamente determinado y oscuro y en ese mismo instante todo quedó borrado: mis ojos, miles de ojos, se vieron irresistiblemente atraídos por la máquina allá arriba. La mano sobrehumana esbozó un gesto, el tercer movimiento. Como azotado por un viento imperceptible, el delincuente ascendía tambaleándose por los peldaños, un escalón tras otro. Luego, el último paso, el último de su vida y allí quedó tendido, con su rostro dirigido al cielo y la cabeza echada hacia atrás.

Grave, como el mismo destino, el Bienhechor caminó alrededor de la máquina y apoyó su mano gigantesca sobre la palanca. Reinaba un silencio de muerte. Qué emoción para el espíritu... el instrumento. El resultado de 100.000 voltios. ¡Poder ser aquel instrumento, qué misión tan grandiosa!

Un segundo interminable. La mano había pulsado la palanca para desatar la energía y descendía pausadamente. Y el filo insoportablemente cegador y luminoso del rayo brilló, y hubo un temblor y un ruido apenas perceptibles en las válvulas de la máquina. El cuerpo desplomado quedó envuelto en una nubecilla fina y luminosa y se fue derritiendo ante nuestros ojos, disolviéndose con espantosa rapidez. Nada quedó, sólo un pequeño charco de agua químicamente pura; la que unos instantes atrás había pulsado todavía roja en el corazón.

Aquello era sumamente sencillo y todos estábamos familiarizados con ello. No era más que la disociación de la materia, la desintegración de los átomos del cuerpo humano. Y, sin embargo, nos parecía cada vez un milagro, siempre nuevo, una prueba del poder sobrehumano del Bienhechor. Allá arriba, delante de él estaban apostados diez números femeninos, con las mejillas encendidas por la emoción. Las flores que tenían en sus manos oscilaban tenuemente al compás del viento.

Estas, claro está, procedían del museo botánico. No les encuentro el menor atractivo a las flores, como tampoco encuentro nada placentero en las cosas del mundo civilizado de otras épocas, las cuales hemos desterrado, desde hace tanto tiempo, más allá del Muro Verde. Hermoso y placentero es solamente lo racional y utilitario: máquinas, zapatos, fórmulas, alimentos...

Siguiendo antiguas costumbres, estas diez mujeres adornaban con flores el uniforme aún húmedo del Bienhechor. Con los pasos majestuosos de un sumo sacerdote, fue descendiendo pausada y solemnemente los peldaños, cruzando con lentitud por delante de las tribunas. Las mujeres extendían hacia Él los brazos; sonaron unos vivas atronadores, potentes como una tormenta, de millones de gargantas. Luego las mismas ovaciones para los Protectores, que, invisibles para la masa de números, se encontraban diseminados entre la multitud. Quién sabe si la fantasía de la humanidad de otras épocas no habrá presentido de algún modo la futura existencia de nuestros Protectores cuando ideó a aquellos ángeles de la guarda que iban al lado de cada persona desde el primer día de su vida. Algo de aquella remota religión, algo purificador como una tempestad existía en toda la ceremonia. Ustedes, lectores, a quienes van destinadas estas líneas, ¿han conocido unos instantes como éstos? Me dan lástima si no es así.

10
La carta.
La membrana.
El yo velludo.

El día de ayer fue para mí como el papel a través del cual los químicos suelen filtrar sus soluciones: todas las partículas pesadas, los sobrantes, quedan retenidos allí. Por la mañana me sentía puro y limpio.

El número femenino de control estaba sentado en su mesita, miraba al reloj y registraba en una lista a los números que salían. Se llama U..., pero prefiero no mencionar su número, ya que puedo escribir algo improcedente sobre ella; a pesar de que es una mujer muy honesta, y no muy joven. Lo único que me desagrada de U son sus mofletes, que tienen el aspecto de agallas de pez.

Su pluma rasgaba el papel. Pude ver registrado mi número, D-503, y al lado del mismo una mancha de tinta. Quise llamarle la atención sobre esto, cuando de pronto me miró, sonrió y dijo:

–Tengo una carta dirigida a usted.

Yo sabía que esta carta, cuyo contenido seguramente ella ya conocía, tendría que ser censurada todavía por los Protectores (creo que es obvio tener que darles una explicación de este hecho, que para mí es totalmente normal) y no la recibiría antes de las 12 horas. Pero la sonrisa me había confundido, hasta tal extremo, que más tarde, en mi trabajo normal en las radas del Integral, no supe concentrarme y hasta tuve errores de cálculo, lo que nunca me había sucedido.

A las 12, encontrándome de nuevo ante aquellas agallas, tuve que aguantar de nuevo la misma sonrisa algo extraña, pero por fin tuve la carta. No sé por qué razón no la leí inmediatamente; la guardé en el bolsillo y fui casi corriendo hasta mi habitación. Allí rasgué el sobre y la leí. Tuve que buscar apoyo y me senté. La carta contenía la notificación oficial de que el número I-330 se había interesado en mí y que hoy mismo, a las 21 horas, tenía que ir a su cuarto. Especificaba su dirección y sus señas.

¡Y esto a pesar de que le demostré claramente la poca simpatía que me inspiraba!

Además, ni siquiera sabía si yo había ido o no a los Protectores. No podía haberse enterado a través de nadie, tampoco, de que había estado enfermo y de que realmente, aun queriendo, me hubiese sido imposible denunciarla. Y sin embargo…

En mi cabeza había algo que rodaba y aullaba como una dinamo. El Buda, el vestido amarillo, las campánulas, una medialuna sonrosada… Solamente faltaba esto de ahora: por la noche ha de venir a verme O. ¿Será conveniente enseñarle esta notificación? No me creerá, ¿por qué habría de hacerlo? No creerá que nada tengo que ver, que no hay nada intencionado de mi parte y que soy inocente. Con seguridad se producirá entre los dos una discusión estéril, violenta y sin sentido. Que pase lo que sea, que todo transcurra mecánicamente. Después, simplemente, le remitiré una copia de la notificación.

Guardé la carta en el bolsillo y al hacerlo me volví a fijar en mi fea mano de simio, tan peluda. Y como asociación, se me ocurrió lo que ella, I-330, durante el paseo había dicho de mi mano, tomándola y mirándola.

Bien. Son las nueve menos cuarto. La noche es clara y a mi alrededor todo parece de cristal verde. Pero ahora se trata de otra clase de cristal que no es el nuestro; es más grueso. Es como una fuente vidriosa en la cual hay algo que hierve y borbotea, sí, que chapotea. Nada me extrañaría que ahora las cúpulas de los auditorios se elevasen en forma de nubes redondas de humo, ni que la Luna sonriera sagazmente, como la mujer de esta mañana, desde su mesita.

¡Qué sensación tan extraña! De pronto me di cuenta de la existencia de mis costillas. Eran como unas tiras metálicas que oprimían y atenazaban mi corazón. Me encontraba delante de una puerta de cristal con cifras doradas. I-330 estaba sentada en la mesa y me daba la espalda, mientras escribía.

—Vea —le enseñe el billete—. Esta mañana recibí la notificación y he venido para...

—¡Qué puntual! Un instante, por favor, siéntese. Enseguida estaré lista.

Volvió a posar sus ojos en la carta. ¿Qué diría en unos segundos y qué haría? ¿Cómo saberlo de antemano, calcularlo, si en ella todo provenía de un mundo salvaje, de un país hundido desde épocas remotas en sueños irreales? La contemplé sin despegar los labios. Mis costillas seguían siendo unas crueles tenazas de acero, me oprimían. Cuando habla, su rostro se parece a una rueda de locas y relucientes revoluciones, en la que no se pueden distinguir los rayos.

Pero, en este instante, la rueda estaba inmóvil y pude contemplar detenidamente su extraña forma geométrica. Las cejas formaban un triángulo muy pronunciado, dos hondos surcos irónicos corrían desde las aletas de la nariz hacia las comisuras de sus labios. Estos dos triángulos estaban en posición contradictoria el uno al otro, y caracterizaban todo su rostro con aquella desagradable pero incitante X, que recordaba una cruz.

La rueda comenzó a moverse y los rayos desaparecieron.

—¿De modo que no estuvo en el Departamento de los Protectores?

—No pude, estaba enfermo.

—Me lo imaginé, algo tenía que sucederle para que no fuera. —Sonrió, y sus afilados dientes brillaron—. En cambio, gracias a esto, le tengo ahora en mi poder. No lo olvide: todo número que en el plazo de 48 horas no haya formulado la denuncia, será…

Mi corazón latía tan desatinadamente que parecía querer reventar mi caja torácica. Me sentí como un muchacho incauto que ha sido encontrado con las manos en la masa, cuando intentaba hacer una travesura. No supe qué contestar. Estaba completamente turbado e incapaz de mover una mano o un pie.

Ella se incorporó, estirando los miembros con gesto placentero. Luego pulsó un botón y las cortinas se deslizaron con un leve ruido. Me sentí aislado del mundo, estaba a solas con ella.

I estaba en un lugar determinado, detrás de mi espalda, delante del armario. Su uniforme crujió un poco y se deslizó al suelo. Luego pensé algo que se me ocurrió con la rapidez de un relámpago.

El otro día, no hace mucho, tuve que hacer cálculos para determinar la concavidad de una nueva membrana callejera (estas membranas, elegantemente decoradas, cuelgan ahora en todas las calles y registran las conversaciones de los transeúntes para el Departamento de Protectores) y, de pronto, se me clavó una idea entre ceja y ceja: la membrana cóncava, rosada y sensible no deja de constituir un extraño ser, ya que está formada por un solo órgano: el oído. Y ahora yo me sentía como una membrana.

Un leve clic de un botón del cuello. Luego en el pecho y después otro clic más abajo. La seda reluciente resbaló hasta el suelo. Oí, con más plasticidad de lo que puede verse con los ojos, cómo una de sus piernas, y después la otra, se levantaba para salir de aquel montón de seda de un azul grisáceo. Y yo seguía oyendo, como si lo viese: ella estaba reflexionando, por un segundo reflexionaba.

La puerta del armario se abrió, se cerró de nuevo. Seda…

—Bueno, ya, por favor…

Me volví. I llevaba un vestido anticuado muy ligero de color azafrán. Esto era mil veces peor que no haber llevado nada absolutamente. Dos puntos agudos y rosados traslucían por el finísimo tejido, como dos carbones en medio de la ceniza. Dos rodillas suavemente torneadas.

Tomó asiento en un butacón. Delante de ella y encima de la pequeña mesa cuadrada, había una botella llena de un líquido verde venenoso y dos copas de tallo largo y esbelto. Entre sus labios asomaba una delgada pipa de papel, como solían fumarse en épocas remotas (he olvidado su nombre).

El martillo en mi interior parecía estar forjando acero al rojo. Yo oía perfectamente cada uno de sus golpes, ¿tal vez los oía también ella? Pero no, I seguía fumando tranquilamente, me contemplaba y echaba la ceniza de su pipa sin la menor consideración sobre mi billete rosa. Le pregunté, esforzándome en mostrar la mayor sangre fría:

–¿Por qué se ha interesado en mí? ¿Qué motivos tiene para obligarme a acudir a su cuarto?

I-330 aparentaba no escucharme, llenó las copas y tomó un sorbo.

–Un licor excelente. ¿Quiere tomar una copa?

Por fin comprendí que se trataba de alcohol. Y como un relámpago recordé cierto suceso de ayer: la mano del Bienhechor, el rayo cegador, el cuerpo caído con la cabeza muy echada hacia atrás.

–¿Es que no sabe –la pregunté– que todos los que se envenenan con nicotina, y especialmente con alcohol, serán castigados sin piedad por el Estado Único?...

Escuché un tono burlón:

–Destruir a unos pocos con rapidez es más razonable que brindar a muchos la posibilidad de suicidarse, esto no es más que la verdad.

–Sí, la pura verdad.

–Y si a toda esta colección de verdades puras y desnudas, además se les dejase salir a la calle... Imagínese por un instante, a mi terco admirador, por ejemplo. Usted ya le conoce;

imagínese que fuese capaz de sacudirse de encima toda la mentira de su disfraz engañador, para mostrarse al público con su verdadero ser.

I-330 reía, pero noté su tristeza. Supe que la había abrazado. Él a una mujer como ésta.

Intentaré describir los sentimientos anormales que experimenté en aquel momento. Ahora, al escribir estas líneas, lo veo claro: todo es como ha de ser; también él tiene derecho a la felicidad como cualquier otro número decente, y sería injusto de mi parte no aceptarlo.

I estuvo riendo largamente. Era una risa extraña. Luego me miró y dijo:

—De usted no tengo el menor miedo. Su presencia me inspira paz. Es usted una persona agradable, simpática, de eso estoy convencida, y sé que no piensa ni remotamente en ir corriendo a ver a los Protectores para denunciar que fumo y bebo alcohol. Se pondrá enfermo o hará lo que sea. Y aun hará mucho más, acaso beberá conmigo.

¡Qué tono tan irónico, que desfachatez! Ahora volvía a odiarla. ¿O no la he odiado durante todo el tiempo?

Apuró su copa de un solo sorbo, dio unos pocos pasos y se detuvo detrás de mi sillón. De pronto sus brazos se deslizaron por mi cuello, sus labios buscaron los míos y los encontraron. Juro que todo fue inesperado para mí, lo que sucedió no lo habría podido querer de ninguna manera. Por lo menos ahora está totalmente claro que nunca habría podido quererlo.

Sentí unos labios insoportablemente dulces (creo que era el sabor del licor) y un sorbo del ardiente veneno penetró en mi boca. Me pareció caer de la tierra al vacío, cada vez más hondo, girando sobre mi propio eje en una trayectoria imprevisible, incalculable.

Todo lo demás lo puedo describir sólo de una forma aproximada.

Antes, jamás se me habría ocurrido pensarlo, pero esto es realmente así: nosotros, los humanos, andamos por la tierra bordeando siempre el mar de llamas que se oculta en lo más hondo de su seno y en el que nunca pensamos. De pronto experimenté la sensación de que la delgada corteza de debajo de mis pies se había convertido en vidrio transparente, como si de súbito yo fuese un vidente. Y me convertí en vidrio. Podía observar mi propio interior.

Y allí había dos Yo, el antiguo D-503, es decir, el número D-503, y el otro. Antes había sacado muy contadas veces sus manos peludas del cascarón; crujía, se partía y de un momento a otro reventaría. ¿Y entonces qué?

Me agarré con todas mis fuerzas a una caña inverosímilmente frágil, al respaldo del sillón, y pregunté, tan sólo para no oír las voces de mi segundo yo oculto:

–¿De dónde ha sacado este veneno?...

–De un médico, uno de mis amigos.

–¿Uno de sus amigos? ¿Quién es?

Mientras tanto, mi segundo yo se incorporó violentamente para gritar:

–No lo permito, no lo consiento. ¡Quiero que no haya nadie más que yo, que no haya otro! ¡Mataré al que a usted... porque la...!

Y tuve que contemplar que aquel otro, con sus manos peludas, la agarraba brutalmente, le arrancaba la seda del cuerpo, le clavaba los dientes en el hombro.

I consiguió zafarse, no sé cómo. Apoyada en el armario, con la mirada clavada en el suelo, me escuchaba en silencio.

Yo estaba arrodillado en el suelo, abrazado a sus rodillas, y se las besaba suplicando:

–Por favor, en seguida..., ahora..., en este mismo instante...

Los dientes agudos brillaban, las cejas se enarcaban irónicamente. Se inclinó hacia mí y me desabrochó sin decir palabra la insignia con el número:

–¡Sí, sí, querida!

El uniforme me estorbaba pero I me contuvo y sin mediar explicación alguna me mostró el reloj de mi insignia: faltaban cinco minutos para las diez y media.

Quedé como petrificado. Sabía lo que significaba salir a la calle después de las 22.30. Todas aquellas alocadas ideas quedaron borradas como por encanto de mi mente; había recuperado súbitamente mi propio yo. Y se me hacía tremendamente consciente: ¡la odio, sí, la odio!

Sin despedida, y sin volverme siquiera, salí corriendo del cuarto. Y volví a colocarme la insignia en el uniforme, precipitándome por la escalera auxiliar hacia la calle (tenía miedo de encontrarme con alguien en el ascensor). Pronto me vi en medio de la ciudad desierta.

Todo estaba en su debido lugar, todo era tan simple, tan ordenado. Los edificios de cristal iluminados, el cielo vidrioso, pálido, la noche verdosa e inmutable. Pero debajo del cristal quieto y fresco bullía algo profundamente salvaje, rojo y peludo. También yo bullía, alocado y jadeante, con un terror inmenso ante la posibilidad de llegar tarde.

De pronto me di cuenta de que mi insignia estaba a punto de desprenderse. No tardó en caer en el pavimento de cristal con un leve sonido. Me agaché para recogerla y durante aquel segundo de silencio oí claramente unos pasos que se arrastraban sigilosos a mi espalda. Al volverme, me pareció ver que algo diminuto y encorvado doblaba la esquina.

Corrí de nuevo, haciendo un esfuerzo tremendo, tan rápido como pude. No me detuve hasta la entrada de mi casa (el reloj señalaba las diez y media menos un minuto). Atisbé en la noche pero nadie me seguía. Todo había sido, por lo visto, un juego de mi fantasía, de mi imaginación; una consecuencia de aquel veneno.

La noche fue un martirio. La cama se agitaba, se movía, se alzaba y caía, una y otra vez, describiendo curvas sinuosas.

Me repetí una y otra vez: "durante la noche, todos los números deben dormir. Dormir representa una obligación tan imperiosa como trabajar durante el día. Y es preciso dormir para poder realizar el trabajo cotidiano. Permanecer despierto por la noche es un crimen, un delito".

Sin embargo, permanecí despierto.

Me estoy arruinando. No soy capaz de cumplir con mis deberes para con el Estado Único.

11

No, no puedo.
Así que nada de síntesis.

Atardecer.

Hay una ligera niebla. Nuestros antepasados sabían que arriba moraba un escéptico aburrido, el mayor de todos sus escépticos, "Dios". Nosotros sabemos, en cambio, que el vacío cristalino azulado es la simple y la pura nada.

Claro que yo no sé si detrás de ello se oculta algo, he tenido demasiadas experiencias. El saber de uno que está convencido de ser infalible es lo que se llama fe. Yo tenía una firme fe en mí mismo. Pero luego…

Ahora me he ubicado delante del espejo y, por primera vez en mi vida, me contemplo con plena claridad y conciencia. Me contemplo sorprendido, como a un extraño. Éste soy yo. ¡Pero no!, éste es otro; unas cejas negras y rectas y entre las dos un profundo pliegue vertical, como si fuera un rasguño (no puedo acordarme si antes existía o no esta arruga).

Unos ojos acerados, azules y, debajo, unas sombras oscuras producidas por el insomnio. Desde mi puesto de observación de mí mismo, estoy muy cerca y, no obstante, infinitamente lejos de mí. Me contemplo, es decir, miro al otro, y estoy convencido de que este, el de las cejas rectas como una regla, es un extraño. No lo conozco y esta es la primera vez que me tropiezo con él. Pero el verdadero yo soy yo mismo, y no él.

Todas estas elucubraciones son tonterías, sensaciones absurdas. Estos pensamientos no son más que unos delirios febriles, una consecuencia del envenenamiento de ayer. Pero ¿con qué me habré envenenado en realidad, con el líquido verde o tal vez con ella? No importa. Escribo sólo para demostrar por qué caminos tan erróneos y extraños puede ir el ser humano, y por dónde puede perderse y extraviarse la razón pura y exacta de la inteligencia. La misma inteligencia que fue capaz de hacer comprender a nuestros antepasados aquel Infinito tan terrible.

En el numerador aparece una casilla: R-13. Bueno, que suba. Incluso celebro su visita. No me gustaría tener que seguir tan solo ahora.

Pasan veinte minutos.

En la superficie del papel, en el mundo bidimensional, estas líneas aparecen una debajo de otra, pero en aquel otro mundo... Pierdo el sentido de los números: 20 minutos quizás representen también 200 o incluso 200.000. Parece sumamente extraño que deba trasladar al papel mi conversación con R, en forma tranquila, uniforme, sopesando cada una de las palabras. Me da la impresión de que estoy sentado con las piernas cruzadas en un sillón delante de mi cama y observo, muy curioso, cómo yo mismo me agito violentamente en esa misma cama.

Cuando R entró en el cuarto, me sentía absolutamente tranquilo. Alabé sinceramente los versos de la condena, que habían sido obra suya, y le dije también que aquel demente había sido vencido y destruido sobre todo por aquellos versos.

—Si me hubiesen encargado a mí —añadí— hacer una descripción esquemática de la máquina del Bienhechor, sin ninguna duda habría añadido sus versos.

R hizo un gesto raro.

—Pero ¿qué le sucede?

—¿Qué me sucede? ¡Muy simple, estoy harto! Todo el mundo no hace más que hablar de aquella condena. Y no quiero oír hablar de ella.

Frunció el ceño y comenzó a frotarse la espalda. Me mostró una hojas de papel escritas.

—Escribo algo para su Integral. Aquí está.

Volvía a ser el mismo de siempre, sus palabras salían como de un surtidor.

—Es la vieja leyenda del Paraíso, claro que amoldada a nosotros, trasladada al presente. A aquellos dos, en el Paraíso, se les había puesto ante una alternativa: o dicha sin libertad o libertad sin dicha. Y aquellos ignorantes eligieron la libertad. Era de esperar. La consecuencia natural y lógica fue que durante siglos y siglos añoraron las cadenas. En esto consistió toda la miseria de la humanidad. Solamente nosotros somos los que nos hemos dado cuenta de cómo puede recuperarse la dicha. El antiguo Dios y nosotros a su lado, en la misma mesa; sí, señor. Nosotros hemos ayudado a Dios a vencer por fin al diablo porque no cabe duda de que fue el diablo el que instigaba a los hombres a que transgredieran su mandamiento: el de no probar la fruta prohibida que los había de perder, él indujo a los hombres a violar la prohibición y que les guste la funesta libertad, él, la astuta serpiente. Nosotros le hemos aplastado la cabeza a la serpiente satánica. Pero volvemos al Paraíso, volvemos a ser pobres de espíritu e inocentes como Adán y Eva. Ya no existe un bien o un mal. Todo carece de complicación y todo se ha vuelto simple y sencillo, paradisíaco, infantilmente simple. El Bienhechor, la máquina, el cubo, la campana de cristal, los Protectores…, todo es solemne y puro, transparente. El poema habla de nuestra libertad, nuestro estado contiene la libertad y nuestra libertad es la dicha. Los hombres de antaño se habrían devanado los sesos pensando si todo esto sería lícitamente moral o no. Pero basta ya de ello. ¿Verdad que es un magnífico asunto para un poema? Y, además, un tema importante y grave.

Me acuerdo todavía de lo que estuve pensando: "¡Qué inteligencia tan aguda y clara en esa figura tan fea y asimétrica! Por eso, sin duda, me identificaba tanto con él, porque se parecía a mi verdadero yo". (Me considero a pesar de todo como mi anterior y verdadero yo; todo lo que me ocurre no es más que un estado patológico).

R parecía haber leído estos pensamientos en mi rostro, ya que me dio una palmada en el hombro y exclamó sonriente:

−¡Usted tiene su Eva!

Comenzó a hurgar en el bolsillo y extrajo un librito de notas y ojeó algo.

−Pasado mañana, no, dentro de tres días, O tiene un billete rosa para usted. ¿Cómo quiere que lo arreglemos? ¿Cómo siempre? ¿Quiere a ella con usted a solas?

−Naturalmente.

−Eso me parece también a mí. De lo contrario se avergonzaría. ¿Sabe?, ¡qué extraña historia!, conmigo no tiene más que un simple asuntito rosa, pero con usted… A propósito, dígame una cosa: ¿quién era el cuarto miembro, cuál es la cuarta magnitud que se ha introducido misteriosamente en nuestro triángulo? ¿De quién se trata? ¡Usted es un seductor!

De pronto se abrió una brecha ante mis ojos y creí oír nuevamente el roce de la seda, vi de nuevo la botella con el líquido verdoso y unos labios.

−Dígame −se me escapó−. ¿Ha probado alguna vez nicotina y alcohol?

R frunció la boca y me miró indagador. Era como si pudiese oír sus pensamientos.

−En realidad no lo sé −me respondió− pero conocí a cierta mujer…

−I −exclamé involuntariamente.

−¿También usted ha estado con ella? −La risa sacudió todo su cuerpo. Mi espejo está colocado detrás de la mesa y desde mi sillón solamente pude ver el corte de mis cejas. Estas se fruncieron y mi auténtico yo se precipitó violentamente sobre el otro, aquel salvaje, peludo, cuando oí su grito bestial y repelente:

—¿Qué quiere decir con ese "también"?

R tenía los ojos muy abiertos por la sorpresa. Entonces fue cuando mi auténtico yo atacó al otro, al salvaje, peludo y jadeante, y le dijo a R:

—Perdóneme, por el Bienhechor. Estoy gravemente enfermo, sufro de insomnio. Realmente no soy capaz de comprender lo que me sucede.

R sonrió fugazmente.

—Comprendo, todo esto lo conozco, claro que solamente en teoría. Adiós.

En el umbral de la puerta, se volvió, regresó nuevamente y arrojó un libro sobre la mesa.

—Ésta es mi última obra. La he traído para usted y por poco me olvido de dársela. Hasta la vista.

Volví a estar solo, o, mejor dicho, a solas con el otro.

Con las piernas cruzadas, permanecí sentado en el butacón y contemplé con gran curiosidad cómo mi otro yo se revolcaba por encima de la cama.

¿Cómo es posible que O y yo hayamos podido convivir durante tres largos años en plena armonía y ahora sólo sea suficiente una sola palabra acerca de la otra, acerca de I para enloquecerme? ¿Es que existen realmente todas esas estupideces del amor y de los celos en forma tan realista como la de los libros de nuestros antepasados? ¿Y esto me pasa a mí precisamente? Pero si sólo estoy constituido por igualdades, ecuaciones, fórmulas y cifras. Y ahora, de repente, me ocurre esto.

No, no iré mañana ni tampoco pasado mañana, no volveré a verla nunca más. No puedo, no quiero volver a verla. Nuestro triángulo ha quedado destruido.

Estoy solo. Es de noche. Hay una ligera niebla. Ojalá supiese lo que se oculta detrás. ¡Ojalá yo mismo supiese quién soy!

12
El infinito limitado.
El anzuelo.
Reflexiones acerca de la poesía.

Creo que sanaré de nuevo. He dormido muy bien. No tuve ningún sueño ni síntoma patológico alguno. Mañana vendrá a verme la querida O y todo será tan sencillo y simple, tan regular y limitado como un círculo. Delimitación es una palabra a la que no temo, ya que la labor de algo superior que posee el hombre, la labor y el trabajo del hombre sano, reside en un constante tender a limitar lo infinito, y en dividirlo y desintegrarlo en porciones fácilmente captables, es decir, partirlo en diferenciales. En esto reside la sublime belleza de mi especialidad, las matemáticas. Y en cambio a ella, a I, le falta toda comprensión para esto.

Todo esto pensé mientras duraba el rodar rítmico y métrico del tren subterráneo. Y con el pensamiento asocié rítmicamente el traqueteo de las ruedas y los versos de R (estaba leyendo el libro que me había traído). De pronto me di cuenta de que alguien, a mi espalda, se inclinaba hacia adelante para mirar por encima de mi hombro para curiosear mi lectura. Sin volver la cabeza, observé por el rabillo del ojo unas orejas rosadas y algo doblemente encorvado ¡Así le vi! No quise estorbarle e hice como si no le viera. No me explicaba cómo había venido a parar allí, al tren subterráneo, ya que cuando subí al vagón, no creo que estuviera ya sentado en su interior.

Este incidente, verdaderamente insignificante, me causó un efecto bastante intenso y casi estoy por decir que me inspiró nuevo valor. ¡Resulta tranquilizador sentir la mirada de unos ojos que con tanto cariño nos previenen contra la más leve falta y la más insignificante desviación de lo que se nos ha ordenado!

Tal vez esto parezca demasiado sentimental, pero se me ocurrió nuevamente aquella analogía: el ángel de la guarda, con el cual fantaseaban nuestros antepasados. Sí, desde luego hay un sinfín de cosas que ellos soñaron, pero que nosotros hemos convertido en realidad.

En el mismo instante en que me daba cuenta de la proximidad de mi ángel de la guarda, leía precisamente un soneto titulado "Felicidad". Creo que no me equivoco si califico esta obra como única por la belleza de su profundidad de pensamiento. Los cuatro primeros versos dicen:

"Eternamente enamorados dos por dos
Eternamente fundidos en el apasionado cuatro,
Los más ardientes amantes del mundo
Son los inseparables dos por dos…".

Seguía ensalzándose también la dicha cauta, sabia y eterna de la tabla pitagórica. Todo poeta auténtico es un Cristóbal Colón. América existió ya muchos siglos antes de que Colón llegara allí y del mismo modo la tabla pitagórica existía ya en potencia muchos siglos antes que R-13, pero solamente él fue capaz de hallar, en la selva virgen de las cifras, un nuevo El Dorado. En efecto, ¿acaso existe en cualquier otro lugar una dicha más sabia, más exenta de deseos que en este mundo milagroso?

El viejo Dios creó a los hombres del ayer lejano, es decir, a un humano que poseía la facultad de equivocarse, de modo que el que se equivocó fue el mismísimo Dios. La tabla pitagórica es más sabia y absoluta que el viejo Dios, ya que jamás se equivoca, ¡jamás! Y nadie puede ser más dichoso que los números, las cifras, que según las leyes armoniosas y eternas viven acordes con la tabla pitagórica.

Nada de oscuridades insondables, no hay error posible. Solamente existe una verdad, tan sólo un camino cierto. Esta verdad es "dos por dos" y el camino se llama "cuatro". ¿No sería absurdo que estas dos parejas dichosamente multiplicados comenzaran de pronto a pensar libremente en lo que la multiplicación representa y acabaran sospechando que pudiera ser un error? A mi modo de ver, esta poesía constituye un axioma.

Nuevamente sentí el cálido aliento de mi ángel protector: primero en la nuca, luego en la oreja izquierda. Él se había dado cuenta de que el libro, encima de mis rodillas, estaba cerrado y que mis ideas se perdían en lo insustancial. Pero yo estaba dispuesto a abrirle todas las hojas, todas las páginas de mi mente. ¡Qué sensación tan tranquilizadora y rebosante de dicha! Recuerdo que incluso me volví para mirar con ansiedad, pero no me comprendió, o no me quiso comprender. No dijo nada. Ahora solamente me queda la alternativa de contárselo todo a usted, lector (y usted me es tan familiar y sin embargo tan distante como él en aquellos momentos).

Aquel camino que recorrí mentalmente me condujo a la fracción matemática y de esta pasé a la unidad. La fracción es R-13 y la unidad completa es nuestro Instituto estatal para poetas y escritores. Llegué a pensar: cómo no pudieron los hombres de otros tiempos reconocer que toda su literatura y lirismo no eran más que una colección de imbecilidades. La maravillosa energía de la poesía era malgastada tontamente en teorías. Cada uno escribía lo que quería, algo ridículo como otras de las cuestiones de aquellas épocas remotas.

Veamos, en aquel entonces, el mar se estrellaba contra las costas y millones de kilográmetros, adormecidos en la energía de sus olas, eran útiles solamente para despertar los cálidos sentimientos de los enamorados. Nosotros, en cambio, de aquel susurro de sentimentalismo hemos sabido sacar provecho, obteniendo de las olas una energía eléctrica enorme, hemos sabido domar esa bestia salvaje, convirtiéndola en un animal doméstico; del mismo modo hemos domado el antiguo elemento de la poesía colocándole, de una manera análoga, la silla de montar.

Hoy la poesía ya no es un sollozo dulzón de ruiseñores, sino que, al servicio del Estado, se ha convertido en un elemento funcional y útil. Veamos por ejemplo nuestros tan célebres matemáticos. Sin ellos, en el colegio, ¿habríamos podido cobrar acaso aprecio a las cuatro reglas matemáticas fundamentales? Sin las espinas, un cuadro y panorama verdaderamente clásicos: los Protectores son las espinas de la rosa, protegen a la delicada flor del Estado.

Solamente un corazón de piedra puede permanecer impasible cuando nuestros inocentes niños murmuran como un rezo estas palabras: "El niño malo quiso arrancar la flor, pero la espina aguda le hirió como una aguja. ¡Ay, ay!, el pequeño vuelve a casa…, etcétera". Y las odas cotidianas al Bienhechor. Quien las haya leído, se inclina con respeto y santa devoción ante la labor desinteresada de esta selección de números entre números.

Y las rojas flores de las sentencias jurídicas, la inmortal tragedia de llegar demasiado tarde al trabajo y el popular "Libro patrón sobre la higiene sexual". La vida en toda su policromía y belleza ha sido captada para la eternidad en el marco de oro de estas obras.

Nuestros poetas ya no viven entre las nubes, han descendido a la Tierra y se han asentado firmemente en ella. Y, al mismo compás, marchan entre nosotros con los severos sones de la melodía marcial de la fábrica de música. Su inspiración es el cotidiano susurro de los cepillos de dientes eléctricos, el peligroso crujir en la máquina del Bienhechor, el íntimo chapoteo en el vaso de noche claro como el cristal, el excitante susurro de los cortinajes que se cierran, las alegres voces del libro de cocina más reciente.

Nuestros dioses están aquí en la Tierra, a nuestro lado en nuestras oficinas, en la cocina, en el taller, en el dormitorio; los dioses se han convertido en lo que somos realmente, de modo que nosotros nos hemos convertido en dioses. Queridos lectores de un planeta lejano, iremos a verles, para que su existencia pueda transformarse en otra tan sublimemente racional y exacta como la nuestra.

13
Niebla.
El tuteo.
Un asunto estúpido.

Desperté con el alba, para dirigir la mirada a la bóveda celeste, sonrosada e intensa. Todo estaba impregnado de bondad. Por la noche vendría O a verme. ¡Había sanado, sin duda! Sonreía satisfecho y volvía a poder dormir.

Bien, suena el despertador, me levanto y todo ha cambiado. Al otro lado del cristal del techo, de las paredes y en todas partes veo la misma niebla pálida. Unas nubes pesadas y cada vez más cercanas; ya ha desaparecido el horizonte, todo vuela, cae, se disuelve, y en ninguna parte hay un apoyo. Ya no hay casas, las paredes cristalinas se han disuelto en la bruma, sí, disuelto como unos cristales de sal en el agua. Y de todas partes sale humo, tal vez en algún lugar hay un incendio catastrófico, gravísimo.

Las 11.45. Antes de comenzar la labor física cotidiana prescrita por la ley, fui rápidamente a mi habitación. De pronto sonó el teléfono y cierta voz se me clavó en el corazón como un finísimo estilete.

—¿Así que está en casa? Lo celebro. Espéreme en la esquina. Después le diré adónde vamos.

—¡Ahora tengo que ir a trabajar!

—Sabe que hará lo que yo le diga. Lo espero en dos minutos.

Dos minutos después me encontraba en la esquina. Tenía que demostrarle sin falta que era el Estado el que me daba órdenes y no ella.

"Hará lo que yo le diga", me había dicho. Por lo visto estaba convencida; se le notaba en el tono de su voz. Pero se llevaría una sorpresa.

Unos uniformes grises se deslizaban fantásticos y después de unos instantes volvían a disolverse en la niebla. Yo miraba fijamente el reloj: las doce menos diez, menos tres, sólo dos minutos faltaban ya para las doce. Era demasiado tarde para ir al trabajo.

¡Cómo odiaba yo a esta mujer! Pero claro, esta vez tenía que ponerme firme en el rechazo

En la lívida niebla apareció de pronto una mancha granate, una silueta.

—Me parece que lo he hecho esperar, pero ahora, de todos modos, ya es demasiado tarde.

¡Cómo la odiaba! Pero tenía razón, ya era demasiado tarde.

Se me acercó, casi se pegó a mí y nuestros hombros se tocaron; estábamos solos. Un extraño fluido pasaba desde ella a mi cuerpo y yo sabía inconscientemente que todo era de esa manera. Lo sabía por cada una de mis fibras, por cada latido doloroso de mi corazón. Me abandoné con un indecible placer a este sentimiento. Así, con la misma satisfacción, debe someterse un trozo de hierro a la ley inalterable, eterna e inmutable de ser atraído por un imán. Así es como una piedra lanzada al espacio ha de detenerse una fracción de segundo en el aire para caer luego en forma vertical. Y así es como el ser humano ha de respirar hondamente, una sola vez, después de la agonía, antes de expirar definitivamente.

Recuerdo que sonreía distraído y dije sin reflexionar:

—¡Qué niebla!

—¿Te gusta la niebla?

Aquel tuteo remoto, antiguo, desde mucho tiempo completamente olvidado, con que las dueñas se dirigían a sus esclavos. Sí, también esto había tenido que ser, también esto era bueno.

—Sí, bueno —dije en voz alta, pero como si estuviera monologando.

Luego, mirándola, añadí:

–Odio la niebla, le tengo miedo.

–Por eso la amas. La odias por el miedo. La amas porque no puedes dominarla. Hay que amar lo indomable.

–Es verdad.

Caminamos. En algún lugar, a lo lejos, el sol brillaba casi invisible a través de la bruma; todo pareció impregnarse de algo blando, dorado, rosado y rojo. El mundo y todo cuanto se abarcaba con la vista me parecía una mujer gigantesca y nosotros permanecíamos en su regazo; todavía no habíamos nacido, pero íbamos madurando con una satisfacción muy íntima. Y yo lo sabía: el sol, la niebla, lo rosado y dorado, todo esto existía para mí, estaba creado solamente para mí.

No pregunté adónde nos dirigíamos. Me era absolutamente indiferente, mi único anhelo era caminar, ir en busca de esa madurez.

–Hemos llegado –dijo I. Y se detuvo delante de una puerta–. Hoy precisamente uno de mis amigos está de servicio. Te hablé de él, aquel día que estuvimos en la Casa Antigua.

Miré un letrero: "Departamento de Salud", y lo comprendí todo.

La habitación era toda de cristal y llena de una neblina dorada. Unas estanterías, también de cristal, adosadas a la pared, aparecían repletas de botellas y frascos de los más variados colores. Vi unas instalaciones eléctricas y el chisporroteo azulado de unas válvulas. Y, por fin, un hombrecito diminuto. Tenía un aspecto como si estuviese recortado en papel y por más que girase de un lado para otro siempre tenía un solo perfil que era muy estilizado, como una hoja de acero reluciente. Nariz y labios parecían unas tijeras.

No pude oír lo que le dijo I; tan sólo vi cómo hablaba, y me di cuenta de que yo, entretanto, sonreía como un tonto. El pequeño doctor respondió:

–Vaya, vaya, ya comprendo. Una enfermedad sumamente peligrosa, la peor que conozco... –Se echó a reír. Su mano, como de papel, casi de liliputiense, escribió algo y a continuación nos entregó a los dos sendas hojas. Se trataba de certificados que atestiguaban que estábamos enfermos y no podíamos acudir al trabajo. De modo que yo había estafado mi trabajo al Estado Único y me había convertido en un delincuente y seguramente acabaría mis días en la máquina del Protector. Pero todo estaba aún tan distante, todo me resultaba indiferente. Acepté el certificado sin la menor resistencia; sabía, que debía ser así. Solamente así.

En el garaje medio vacío de la esquina alquilamos un avión. I se puso al mando, pulsó el contacto poniéndolo en posición de despegue y nos elevamos del suelo. Dejamos a nuestras espaldas una neblina rosada y el sol. El perfil diminuto y agudo del pequeño doctor merecía en estos momentos mi mayor aprecio. Antes, todo había girado en torno al sol; ahora, en cambio, me di cuenta de que todo rodaba alrededor de mi propia existencia.

Fuimos a la Casa Antigua. La vieja portera nos saludaba sonriente ya desde lejos. Su boca llena de arrugas había estado seguramente cerrada durante todo aquel tiempo, como si con el paso de los años se le hubiesen pegado los labios, pero ahora se le abrían para decir sonriente:

—¡Vaya, vaya! En lugar de trabajar como todos los demás. Bueno, si pasara algo raro, entraré y les avisaré.

El portal pesado y compacto se cerró con un crujido, pero al mismo tiempo se me abría el corazón de par en par, se me abría tanto que incluso me dolía. ¡Sus labios con los míos! Sorbí más y más, bebí de sus labios, luego me separé violentamente, hundí la mirada en sus ojos muy abiertos y la volví a besar.

La habitación estaba en penumbra. Tapizados de cuero azules, amarillos, verdes; la dorada sonrisa del Buda y el espejo fulgurante. Y mi sueño de entonces. ¡Qué claro era todo, ahora!

Era la ley inalterable: el hierro es atraído por el imán, y sometiéndome a la fuerza insoslayable de la ley, estaba cautivado por ella, quisiera o no. No había billete rosa ni un interés premeditado y frío. Ya no había Estado Único, tampoco había dejado de existir. Ya sólo había unos dientes afilados, cariñosos, unos ojos muy abiertos, dilatados, a través de los cuales me hundía en el abismo paulatinamente. Silencio de muerte, únicamente en un rincón del cuarto, como a millares de kilómetros, goteaba el agua en un lavatorio, y yo, en cambio, me hallaba en lo infinito del espacio, en el cosmos, entre el caer de gota a gota, transcurrían siglos, épocas enteras.

Me puse precipitadamente el uniforme, miré a I por última vez, absorbiéndola ávidamente con mi mirada

—Sabía de antemano cómo eres, estaba segura —dijo ella. Luego se incorporó y, mientras se vestía, volvió a sonreír.

—¿Y qué, ángel perdido? Ahora estás perdido de verdad. Que te vaya bien. ¡Tendrás que volver solo!

Esperó a que me fuera. Abandoné obediente el cuarto. Pero al llegar al umbral me di cuenta de que necesitaba sentir nuevamente su hombro junto al mío.

Volví rápidamente a la habitación donde seguramente ella debía de esta abrochándose el uniforme, delante del espejo, y quedé paralizado. I había desaparecido. No era posible que hubiera salido, la habitación tenía solamente una puerta y, sin embargo, ya no estaba allí. Busqué en todos los rincones, abrí incluso el armario, tocando cada uno de los vestidos anticuados y de muchos colores. ¡No había nadie!

Querido lector, me resulta sumamente desagradable tener que hablarle de este asunto tan penoso e irracional. Pero, ¿qué puedo hacer si todo fue tal como lo he descripto? Todo el día, desde la misma mañana, habían ido sucediéndose cosas inverosímiles; fue como aquella vieja enfermedad, el sueño. Por lo demás, estoy plenamente convencido de que conseguiré captar en algún silogismo toda clase de paradojas. Esto me tranquiliza y, como espero, también lo tranquilizará a usted.

14

"Mío".
Es imposible, no puedo.
El suelo frío.

Tengo que seguir con los acontecimientos que viví. Durante la hora de asueto personal, ayer estuve todavía ocupado antes de acostarme, por esa razón no pude escribir.

Por la tarde, a última hora, quería venir a verme mí querida O, era su día. Bajé al conserje para ir a buscar mi certificación, la que me autorizaba a correr los cortinajes.

—¿Qué le pasa? —me preguntó el conserje—. Está un poco extraño, hoy.

—No me siento bien. Estoy enfermo.

Y era verdad: estoy realmente enfermo. Todo esto que me pasa no es más que una enfermedad. De pronto me acordé, tenía un certificado. Busqué en el bolsillo y, efectivamente, allí había algo. De modo que no había estado soñando.

Se lo tendí al conserje. Y sentí al mismo tiempo que mis mejillas comenzaban a arder; sin alzar la vista me di cuenta de que me observaba extrañado.

Las 21.30. En el cuarto de la izquierda están corridos los cortinajes. En el de la derecha puedo ver a mi vecino sentado a la mesa. Veo su cabeza calvo, repleto de pequeños granos y pústulas, inclinado encima de un libro, y toda su frente es una parábola amarilla y monstruosamente enorme. Entretanto me paseo por la habitación. Me martirizo: ¿qué tendré que hacer después de todo lo que ha pasado, qué haré con O? En cuanto a mi vecino, me doy cuenta de que su mirada me persigue, veo las arrugas de su frente, que son como unas líneas opacas; parece como si esas líneas se relacionaran conmigo.

21.45. Penetra un torbellino alegre y sonrosado en mi habitación; dos brazos se me echan al cuello. Pero aquel anillo que apresa mi nuca va aflojándose paulatinamente. O deja caer los brazos.

—No sé, lo veo tan distinto, no está como otras veces. Ya no es mío.

—¿Cómo "mío"? Mío. Jamás lo fui.

Callé y pensé que antes no había pertenecido a nadie, pero ahora ya no vivo en nuestro mundo racional, sino en uno viejo y fantástico. En el de la raíz de -1.

Corrimos los cortinajes. Mi vecino dejó caer el libro y a través de la pequeña hendidura entre el suelo y la cortina pude ver cómo su mano amarilla recogió la obra. ¡Con cuánto placer me habría agarrado a aquella mano!

—Pensé que le encontraría esta tarde durante el paseo. ¡Tengo que contarle tantas cosas!

Mi querida y pobre O. Su boca sonrosada era como una media luna cuyos extremos señalaban hacia abajo. Pero me resultaba absolutamente imposible confesárselo todo, porque no podía de ningún modo convertirla en cómplice de mis delitos. Sabía que no tiene la suficiente fuerza de carácter para ir a ver a los Protectores.

O se echó, y la besé levemente. Besé el hoyuelo casi infantil de su muñeca; sus ojos azules estaban cerrados y alrededor de sus labios florecía una sonrisa. Cubrí su rostro con mis besos.

De pronto fui consciente de lo que me había pasado por la mañana. No, no podía aunque debía. No abrí mis labios.

Estaba sentado en el suelo, al lado de la cama (¡qué frío tan espantoso e insoportable!), y seguí callando. Seguramente allá arriba, en aquellos espacios cósmicos azules y silenciosos, reinaría el mismo frío mudo y penetrante.

–¡Por favor, compréndame!… ¡Yo no quería! –fui tartamudeando–. He tratado con todas mis fuerzas…

Esto no era ninguna mentira. Mi verdadero yo no quería ofenderla y, sin embargo, ahora tenía que decirlo todo, absolutamente todo. Pero, ¿cómo explicarle que el trozo de hierro no quería, si la ley es inviolable, esa ley del imán que lo atrae, lo quiera o no? O levantó el rostro de entre los almohadones y dijo con los ojos cerrados:

–¡Váyase, váyase!

Atenazado por una frialdad insoportable, salí al pasillo. Más allá del mundo de cristal vi unos jirones de neblina finos y distantes. Con el caer de la noche, estas brumas se espesarían para envolverlo todo.

¿Y qué pasaría después de esta noche?

O pasó por mi lado con los labios apretados, guardando silencio, y cerró de un portazo.

–¡Un instante! –grité. Me sentía terriblemente mal. Pero el ascensor bajó zumbando.

Me ha arrebatado a R. También me ha quitado a O. Y sin embargo, pese a todo…

15
La campana.
El mar brillante.
Me quemaré eternamente.

En las gradas donde se construye el Integral, me encontró el segundo constructor. Su rostro era el de siempre, redondo, blanco, semejante a un plato de porcelana, y en este plato se me servía ahora algo repugnantemente dulzón. Dijo:

—Cuando usted estaba enfermo, en ausencia del jefe supremo, ayer sucedió algo.

—¿Qué fue lo que sucedió?

—Imagínese, cuando tocaron para el mediodía y salimos, uno de los nuestros descubrió a un individuo sin número. No me cabe en la cabeza cómo pudo entrar. Le llevaron al Despacho de Operaciones y allí ya sabrán averiguarlo —sonrió dulzón.

En el Despacho de Operaciones trabajaban nuestros médicos más experimentados bajo la directa vigilancia del Protector. Allí hay toda clase de aparatos y dispositivos pero, ante todo, la campana de gas. Esta se basa, esencialmente, en el mismo principio que la célebre campana de cristal de nuestros antepasados; entonces se ponía un ratón debajo de esta campana, se extraía el aire, etcétera. Sin embargo, nuestra campana de gas es un aparato mucho más perfecto, trabaja con distintos gases y, sobre todo, no sirve para martirizar a pequeños animales indefensos, sino para salvaguardar al Estado Único y con ello lograr la felicidad de millones de seres humanos.

Hace poco, más o menos unos quinientos años, precisamente cuando comenzó su labor el Despacho de Operaciones, este fue comparado por dos ignorantes con la Inquisición de nuestros antepasados, pero esto resulta tan absurdo como si se quiere situar a un cirujano que realiza una operación de traqueotomía al mismo nivel que un asesino. Ambos tal vez utilicen el mismo bisturí o cuchillo, y los dos realizan la misma operación, cortando la garganta a un ser humano, pero uno trabaja por el bien de la humanidad, mientras que el otro es un delincuente.

Todo era tan sencillo y claro, que en un solo segundo, en un solo giro de la máquina lógica, lo comprendí. Pero, de pronto, las ruedas dentadas quedaron atascadas en un pequeño valor negativo y otra idea pululó en mi mente hasta que pudo salir a flote, recordé un llavero en la puerta del armario de la Casa Antigua que había pendulado de un lado para otro. De modo que en aquel momento debían de haber cerrado la puerta de golpe; en cambio I había desaparecido sin dejar rastro. Esto no podía controlarlo la máquina. ¿Un sueño? Pero yo seguía experimentando todavía aquel dulce dolor en mi hombro derecho. Apoyada en este hombro, I había caminado conmigo a través de la bruma.

—¿Te gusta la bruma? —había preguntado ella. Sí, también amaba la bruma, lo amaba todo. ¡Y todo era tan nuevo y maravilloso!

—Todo está en orden, todo marcha bien —murmuré.

—¿Está bien? —me preguntó el Segundo Ingeniero. En sus ojos había un gran asombro.

—¿Qué es lo que está bien? ¿Está bien que este individuo vaya husmeando por aquí, ese que no lleva número? Ellos están en todas partes, durante todo el tiempo están por aquí, junto al Integral.

—¿Quiénes?

—¡Y yo qué sé! Pero presiento que están entre nosotros a todas horas. ¿Ha oído hablar de que ahora se puede extirpar quirúrgicamente también la fantasía? —(efectivamente, no hacía mucho que se hablaba de aquel asunto).

–Sí, ya sé. Pero ¿qué tiene que ver esto con nuestro problema?
–Yo, en lugar de usted, iría al médico para hacerme operar.

Puso cara de pocos amigos. Pobre, incluso la menor insinuación de que pudiera tener una fantasía más o menos viva lo ofendía gravemente. Tal vez una semana atrás yo también me habría sentido ofendido, pero ahora es distinto, sé que tengo fantasía y que estoy soñando. Y sé también que no quiero curarme, de eso estoy seguro.

Bajamos por la escalera hacia el Integral. El dique se extendía a nuestros pies como si se nos ofreciese en la palma de una mano.

Querido lector desconocido, sea usted quien sea, también para usted sale el sol. Si alguna vez estuvo enfermo tal como lo estoy ahora, entonces sabrá lo que es el sol matutino y lo que puede significar. Usted conocerá ese oro sonrosado y cálido. Hasta el aire parece haber tomado su calor, todo queda impregnado de esta cálida sangre solar, todo palpita y respira. Las piedras son blandas y animadas, el hierro vive y arde, y los hombres se sienten llenos de alegría y de vida.

Tal vez dentro de una hora ya nada quede de todo esto, pero aún subsiste.

También en el cuerpo cristalino del Integral vibraba algo; el Integral debía de estar pensando en su porvenir grandioso y temible, en la pesada carga de la dicha segura que tiene que llevar hacia usted, querido desconocido. La vida que quizás está buscando eternamente y jamás encuentra. Pero esta vez la encontrará y será dichoso. Usted tiene el deber de ser feliz. Ya no tendrá que esperar mucho tiempo, el casco del Integral está casi terminado: es un elipsoide gracioso, construido con nuestro vidrio tan duradero como el oro y tan dúctil como el acero.

Observé cómo los travesaños y los aros quedaban soldados a aquel tronco cristalino y cómo en la popa se montaba el depósito para el gigantesco motor-cohete.

Cada tres segundos una explosión, cada tres segundos el Integral vomitará llamas y gases al cosmos y se precipitará inevitablemente hacia adelante, hacia el futuro.

Miré hacia abajo, hacia las gradas. Siguiendo la ley de Taylor, rítmicos y rápidos, al mismo tiempo y al igual que las palancas de una enorme máquina, los hombres se doblan, se enderezan de nuevo y giran. En sus manos brillaban unas varas delgadas angulares, los travesaños y los recodos. Grandes grúas de cristal giraban sobre sí mismas y se inclinaban con la misma obediencia que los hombres para dejar por fin su carga en la panza del Integral. Y estas grúas humanizadas y estos hombres perfectos eran como un solo ser. ¡Qué belleza emocionante, perfecta, cuánta armonía y ritmo! ¡Rápido, bajemos rápido, quiero estar con ellos!

Trabajé junto a los demás, preso en el mismo ritmo cristalino, el mismo ritmo de acero. Movimientos uniformes, mejillas sonrosadas y sanas, unos ojos claros como espejos y unas frentes libres de las nubes que surgen por culpa de la ilusión y la imaginación. Me sentía nadar en un mar plateado.

De pronto alguien me dijo:

–¿Se encuentra hoy mejor?

–¿Por qué mejor?

–Porque ayer no vino. Pensamos que se encontrarla bastante mal. –Sus ojos estaban radiantes y en su sonrisa se reflejaba una ingenuidad infantil.

Las mejillas se me colorearon, no me sentía capaz de engañar a estos ojos. Guardé silencio.

En el ojo de buey, encima de mi cabeza, apareció un rostro sonriente, blanco como la porcelana.

–¡Eh, D-503, por favor! ¿Querrá subir un momento? Estamos construyendo precisamente…

Ya no oí lo que siguió; escapé escaleras arriba, y me salvé indignamente gracias a esta evasión. No tuve ni siquiera la fuerza necesaria para alzar la vista: los escalones de cristal parecían tambalearse bajo mis pies y a cada nuevo peldaño mi situación se tornaba más desesperante: un delincuente contaminado como yo nada debía hacer aquí. Ya nunca más podré identificarme con este ritmo exacto, mecánico, ni jamás podré nadar en este mar brillante y tranquilo. Me quemaré eternamente, correré sin descanso de un lado para otro, en busca de un rincón en donde ocultar la luz de mis ojos. Eternamente, hasta que encuentre la suficiente energía para presentarme y...

Un escalofrío asesino me enloquecía. No sólo se trataba de mí, sino que también debía pensar en ella, en I. ¿Qué le sucedería entonces a ella?

A través del portón salí a cubierta y me detuve. No sabía por qué había subido hasta aquí. Alcé la vista. Encima de mi cabeza ardía un sol de mediodía turbio y mortecino, y a mis pies estaba el Integral, gris, rígido y sin vida. La sangre roja que había vitalizado a este cuerpo gigantesco, parecía haberse escapado, y reconocí que mi fantasía me había jugado una mala pasada; que todo era igual que antes.

–¡Eh, D-503! ¿Es que está sordo? No hago más que llamarle. ¿Pero qué le pasa? –inquirió el segundo constructor casi a mi lado.

Debía de hacer rato que me llamaba y, sin embargo, no lo había oído. ¿Qué me pasa realmente? He perdido el timón, y el avión sigue precipitándose en el vacío; sigue volando, pero yo he perdido la dirección y no sé si me estrellaré contra la tierra o si me remontaré por los aires, cada vez más arriba, hacia el sol en llamas.

16
Amarillo.
Mi sombra.
El alma, una
enfermedad sin cura.

Por muchos días no he escrito ni una sola línea. No sé cuántos han transcurrido, todos son como un solo día, todos tienen el mismo color, amarillo, como arena calcinada, reseca y ardiente. En ninguna parte hay sombras y por ningún lugar encuentro una gota de agua, y yo camino sin fin por esta arena amarilla. Ya no puedo vivir sin ella.

Desde aquel día en que desapareció de forma tan misteriosa en la Casa Antigua, solamente encontré a I una vez durante el paseo. Se cruzó conmigo con paso rápido y dio vida a mi mundo amarillo y desolado, eso sí, por unos instantes. Brazo con brazo y apoyándose en su hombro, vi al jorobado S, al doctor fino como un papel y a otro número masculino. Recuerdo tan sólo sus dedos, que eran extrañamente blancos, largos, delgados. I alzó la mano: la agitó saludándome. Luego se volvió hacia el hombre de los largos dedos y oí claramente la palabra Integral. Los cuatro se miraron. Desaparecieron en el horizonte grisáceo y yo volví a caminar por mi sendero arenoso, amarillo y reseco.

Al atardecer del mismo día, ella tenía un billete rosa para mí. Estaba delante del numerador suplicando fervientemente, con cariño y con odio, que se cerrase la portezuela, para que pudiera ver al número I-330 en el área blanca. Una puerta se cerró de golpe; unas mujeres esbeltas, morenas y altas salieron del ascensor, y en todas las habitaciones de alrededor fueron corriéndose los cortinajes. Pero ella no había comparecido.

Y en ese mismo instante, justamente a las 22 horas, cuando llevo estas palabras al papel, tal vez se recline con los ojos cerrados contra el hombro de otro y le pregunte al igual que me preguntó a mí: "¿Te gusta esto?". ¿Quién será él? ¿Será aquel de los dedos largos y esbeltos o será en cambio R, con sus abultados labios de negro? ¿O quizás, incluso, S?

¡S! ¿Por qué oiré durante estos últimos días a mi espalda constantemente sus pasos rastreros que suenan a chapoteo, como si anduviese por un charco? ¿Por qué me habrá seguido como una sombra? Delante de mí, a mis espaldas, a mi lado, en todas partes aparecía su sombra azul grisácea y doblada. Los peatones traspasaban esta sombra, la pisaban y, sin embargo, ella seguía impasible, no se apartaba de mi lado, como si anduviera junto a mí, inseparable, unida a mí por un cordón umbilical. Tal vez I entre en esta combinación indescifrable, no lo sé.

Tal vez los Protectores ya se han dado cuenta que algo está fallando. Mi sombra me ve, me observa absorta. Es una sensación extraña: parece como si mis brazos no me pertenecieran, me molestan en todas las posturas y descubro que los muevo sin sentido, que he perdido el compás. Otras veces experimento la extraña sensación de tener que volverme, pero no puedo, mi nuca está rígida, como si la hubiesen forjado. Camino cada vez con mayor rapidez, pero la sombra también corre más de prisa y no puedo escapar. Llego por fin a mi habitación: ¡por fin solo! Aquí todo es distinto y, sin embargo, hay otra cosa que no me deja en paz: el teléfono. Levanto el auricular: "Aquí I-330".

Oigo un leve ruido, unos pasos apresurados delante de la puerta. Luego, el silencio, un profundo silencio.

Coloco el auricular sobre la horquilla. ¡Ya no puedo más, tengo que verla!

Todo esto fue ayer. Durante una hora, estuve rondando su casa: desde las 16 hasta pasadas las 17 horas; dando vueltas alrededor de la casa donde vive. Una gran cantidad de números paseaban en perfecta formación: millares de pies al mismo compás, una máquina con millones de pies. Yo, en cambio, había sido arrojado sobre una playa solitaria, estaba en una isla abandonada y miraba al vacío, por encima de aquellas olas azul grisáceas.

De pronto vi sus cejas irónicamente enarcadas y unos ojos oscuros como ventanales, en los que ardía un incendio. Fui corriendo a su encuentro y le dije:

—Sabes perfectamente que no puedo vivir sin tu compañía. ¿Por qué no me ves?

Ella guardó silencio. De pronto me di cuenta del profundo silencio que nos rodeaba. Habían dado ya las 17 horas. Todos estaban en sus casas, solamente yo seguía en la calle. Me había retrasado. Alrededor de mí no había más que un desierto amarillo, impregnado de una luz solar amarillenta y ardorosa. En la superficie lisa se reflejaban los bloques de las edificaciones: todos estaban del revés, invertidos lo mismo que me pasaba a mí.

Tenía que ir inmediatamente, en este mismo instante, al Departamento de Salud Pública para solicitar un certificado de que estaba enfermo, de lo contrario me detendrían., Pero tal vez sería esto era lo mejor que me podía ocurrir: quedarme plantado en este mismo lugar y esperar a que me detuvieran, a que me arrastrasen hasta la sala de operaciones; entonces todo estaría arreglado, habría pagado todos mis errores y culpas.

De pronto un ruido, como un leve chapoteo. Una sombra en forma de S ante mí. Sin alzar la vista, experimento cómo me atraviesa la mirada aguda y penetrante de los ojos acerados. Hago un gran esfuerzo para decir sonriente (¡claro, algo tenía que decir!):

—¡Quiero ir al Departamento de Salud Pública!

—Entonces, ¿por qué se para aquí?

No sé qué decir. Callo, mientras las mejillas se me encienden de vergüenza.

–Venga conmigo –me dice S con tono severo.

Lo sigo obediente, agitando frenético los brazos, que ya no me pertenecen. No soy capaz de alzar la vista y así me muevo durante todo el tiempo dentro de un mundo grotesco que no es el mío, en el que todo va de cabeza. Veo máquinas empotradas al revés, hombres que están pegados al techo como antípodas y veo un cielo que se funde con los adoquines cristalinos de la calle.

–¡Es terrible! –se me ocurre pensar–. Terrible que tenga que verlo todo al revés.

Pero sigo incapaz de levantar los párpados y mirar de frente.

Nos detenemos. Hay unos escalones. Doy un paso, creyendo ver unas figuras blancas, uniformadas con bata de médico y detrás una campana silenciosa, monstruosamente gigantesca.

Haciendo un gran esfuerzo, trato de despegar mis ojos del suelo de cristal y veo por fin, a poca distancia, las letras doradas y relucientes: "Departamento de Salud Pública". ¿Pero por qué me ha traído aquí y no a la sala de operaciones?, ¿por qué me tiene consideración? No me entretengo en analizarlo, subo los escalones de un salto, cierro detrás de mí la puerta y respiro aliviado, hondamente.

Dos médicos, uno pequeño, de piernas torcidas, mira hoscamente a los pacientes, el otro, de insignificante físico, muy delgado, tiene una nariz como el filo de un cuchillo. ¡Es él!

Me aferro a su brazo, como si fuese mi hermano, tartamudeo algo que hace referencia al insomnio, sueños, pesadillas, sombras y a un mundo amarillo. Me dice:

–Malo, muy malo. Por lo visto se le ha formado un alma.

¿Un alma? Pero si ésta es una palabra hace mucho tiempo olvidada. "Paz en el alma", "asesino de almas", pero ¿"alma"? ¡No, no puede ser!

–¿Y eso qué?… –tartamudeo–, ¿es peligroso?

—Es incurable –me responde.

—Pero, ¿qué es un alma? –insisto–. No me la puedo imaginar. –Claro. ¿Cómo podría explicárselo? No sé... Usted es matemático, ¿verdad?

—Sí, señor.

—Entonces imagínese, por ejemplo, un plano, este espejo, digamos. Mírelo. En este plano nos ve a los dos, ve una chispa azulada en la instalación y ahora se desliza también la sombra de un avión. Supongamos que esta superficie se ha ablandado, y ya nada se puede deslizar por ella, sino que todo se va hundiendo de aquel mundo de reflejos que de niños admirábamos maravillados y curiosos. Créame, los niños no son nada tontos. De modo que el plano, la superficie se ha convertido ahora en un cuerpo, en un mundo y en el interior del espejo. Y también dentro de usted hay un sol, el aire provocado por una hélice, sus labios temblorosos y también un segundo par de labios. Mire, el frío cristal del espejo refleja los objetos. En cambio aquel otro los absorbe y conserva en sí una huella para toda la vida. Tal vez habrá descubierto alguna vez en algún rostro una arruga muy fina. ¡Ésta existirá siempre! Habrá oído caer, en medio del silencio, una gota de agua, y ahora mismo la vuelve a oír....

—Sí, efectivamente, así es –le interrumpí–, he oído, más de una vez, cómo una gota de agua de una canilla caía en silencio, y realmente no he llegado a olvidarlo nunca. Sin embargo, no comprendo por qué ahora tenga alma. No la tuve, y ahora, de repente, existe. ¿Por qué tengo un alma, cuando los demás carecen de ella?

Tomé su mano y el enjuto doctor dijo:

—¿Por qué? ¿Y por qué no tenemos plumaje ni alas, sino solamente omóplatos, las bases para las alas? Porque ya no necesitamos alas: porque tenemos aviones y las alas solamente nos estorbarían. Las alas son para volar, pero nosotros no precisamos ir volando a ninguna parte, nos hemos remontado a las más grandes alturas y hemos encontrado lo que buscábamos. ¿No es así?

Afirmé distraído, con un simple movimiento de cabeza. Él me miró y de pronto esbozó una sonrisa irónica. El otro médico había escuchado nuestra conversación y salió ahora de su despacho, enojado:

—¿Qué pasa aquí? ¿Qué quiere decir alma, pregunta usted? El diablo sabe lo que es. ¡Si las cosas continúan así, acabaremos por tener una verdadera epidemia! Se tendría que extirpar la imaginación a todo el mundo; operársela. ¿Cuántas veces se lo tengo que decir? En estos casos, el único remedio es la cirugía.

Poniéndose unos enormes lentes radiológicos comenzó a analizar mi cabeza por todos los lados y ángulos: aquello era una radioscopia minuciosa de mis huesos frontales y, traspasándolos, de mi cerebro: luego anotó algo en su libreta de apuntes.

—¡Muy interesante! ¡Realmente interesante! Oiga, ¿tiene algún inconveniente en que le conservemos en alcohol? Sería una gran ayuda, un gran beneficio para el Estado Único. Podría ayudarnos a evitar una epidemia.

Pero el otro médico comentó:

—D-503 es el constructor del Integral, y lo que usted pretende tendría sin duda unas consecuencias bastante trágicas.

—Vaya, si es así —gruñó el otro, y volvió con grandes y espaciosas zancadas a su despacho.

Estábamos nuevamente a solas. La mano, fina como un papel, se posó consoladora sobre mi brazo. El rostro de facciones angulosas, agudas y tan diminuto se inclinó, acercándose todo lo que pudo a mi oído, mientras susurraba:

—Querido amigo, no es usted el único caso. Ya ha visto que mi colega está hablando de una epidemia. Procure que nadie se dé cuenta, si no ha visto también en otros síntomas semejantes.

Me miró escrutador. ¿A quién pretendía referirse con esta insinuación? Me levanté sobresaltado de la silla. Pero sin hacer caso de mi actitud, el doctor prosiguió:

–En lo que se refiere a su insomnio y sus pesadillas, solamente puedo darle un consejo: camine más a menudo. Vaya a pie. Mañana mismo bien temprano, dé un paseo más o menos largo, tal vez hasta la Casa Antigua.

De nuevo me miró indagador y sonrió. Creí oír verdaderamente la palabra que iba oculta en su fina sonrisa, era una letra, una cifra. ¿O mi fantasía me jugaba una mala pasada?

Me extendió un certificado por dos días. Volví a estrecharle fuertemente la mano y me fui rápidamente.

Mi corazón latía de prisa, animadamente, casi a la misma velocidad a la que marcha un avión; y me elevaba, me remontaba a las alturas. Sabía que el día siguiente me proporcionaría una gran alegría, pero ¿qué clase de alegría?

17
Una mirada a través del Muro Verde. He muerto. Pasillos.

Me siento como si estuviese desmayado. Ayer, en el preciso instante en que creía haber desentrañado todos los enigmas, haber encontrado todas las x, apareció una nueva incógnita en mi ecuación.

Los puntos, sobre todo las coordenadas de esta historia, de donde parte todo, son naturalmente la Casa Antigua, son el punto de partida del eje x, y, z, sobre el que descansan todos los fundamentos de mi mundo.

Por el eje x (el Prospekt 59) fui a pie a la Casa Antigua. Los acontecimientos de ayer estaban presentes como un torbellino violento; las casas boca abajo y los hombres como antípodas, mis brazos ajenos a mí, el severo perfil del doctor, el chapoteo de la gota de agua… Todo esto lo había vivido sin duda alguna y no era capaz de olvidarlo. Había algo bajo la superficie ablandada, allá dentro, donde estaba el alma.

Había llegado a la angosta calle que corre a lo largo del Muro Verde. Más allá se me venía encima toda una ola de raíces, flores, ramajes y hojas; esta ola amenazaba barrerme para convertirme a mí, a un ser humano, el más exacto de todos los organismos, en un animal. Pero por fortuna me separaba el Muro Verde de este mar salvaje y claro. ¡Qué sabiduría inmensa, divinamente constructora de barreras! Creo que el Muro es la invención más importante de la humanidad: el hombre solamente ha podido ser una criatura civilizada al levantarse el primer Muro, únicamente se convirtió en hombre culto cuando construimos el Muro Verde, aislando de este modo nuestro mundo automático y perfecto de ese otro irracional y horrible con árboles, pájaros y animales.

A través del vidrio percibí el corto hocico de un animal; sus ojos amarillentos me miraban fijamente, sorprendidos. Nos observamos mutuamente durante un rato, estableciendo contacto con nuestras miradas, que son como unos abismos hasta cuyo fondo se penetra desde el mundo exterior. Entonces oí cómo una voz íntima me decía: "Tal vez este animal, esta bestia, con su vida desordenada, es más feliz que nosotros".

Hice un ademán despectivo con la mano; los ojos amarillentos pestañearon, el animal retrocedió escapando a la espesura de la jungla. ¡Qué ser tan miserable! ¿Más feliz que nosotros? ¡Qué ocurrencia tan absurda! Tal vez fuera más feliz que yo, pero yo soy una excepción, estoy enfermo.

Había llegado a la Casa Antigua. La vieja conserje estaba delante del portal. Me acerqué y le pregunté:

–¿Está ella aquí?

La boca encogida se abrió lentamente:

–¿A quién se refiere?

–A I, ¿quién iba a ser? Aquel día vine con ella en el avión.

–¡Ah, sí! Sí, acaba de llegar.

¡Estaba aquí! La vieja permanecía sentada al lado de un arbusto y una rama casi le tocaba la mano; ella acariciaba las hojas plateadas y hasta sus rodillas llegaba un rayo de sol que era como una caricia. De repente, todo me pareció fundido en un solo ser: yo, la vieja, el sol, el arbusto y los ojos amarillos. Algo misterioso nos vinculaba de manera loca.

Me avergüenza tener que escribir lo que sigue, pero ya que prometí decir toda la verdad, debo admitir que me incliné sobre la vieja y besé su boca, blanda, arrugada. Y ella se frotó los labios, sonriente.

A través de aquellas estancias familiares me dirigí luego hacia la alcoba. Ya tenía el pomo en la mano cuando me asaltó cierto temor con la fuerza de un rayo: "¡Tal vez no esté sola!". Traté de escudriñar el silencio. Pero solamente oía una llamada oscura, muy cerca de mí, pero no en mi interior, sino a mi lado, ¡era mi corazón!

Penetré en la habitación. Estaba la cama anticuada, el espejo, el armario con la llave vieja y el llavero de otra época. Pero ella no estaba. A pesar de esto, la llamé:

–¡I!, ¿estás ahí? – ¡I, querida mía!

Silencio. De la canilla del lavatorio caían gotas. Me molestaba el ruido, no sabría decir por qué motivo; cerré la canilla y salí. Ya que, sin duda alguna, no estaba aquí, debía de encontrarse en otro de los pisos. Bajé por una escalera oscura, tratando de forzar una puerta tras otra, pero estaban cerradas todas, a excepción de "nuestro piso", y allí no había alma humana. No obstante, algo me llevaba a volver allí. Con pasos torpes y lentos volví a subir, escalón tras escalón. Mis pies me pesaban como si fueran de plomo. Recuerdo aún, perfectamente, que pensé: "es un error creer que el peso de la gravedad es constante, de modo que todas mis fórmulas están…".

Me encogí repentinamente: abajo resonó un violento portazo y alguien arrastraba los pies por las baldosas del vestíbulo. Mi sensación de pesadez desapareció de golpe y casi volando fui hacia la barandilla de la escalera.

Me incliné hacia abajo queriendo desembarazarme de todas mis angustias, pero quedé rígido, petrificado. Unas orejas enormes y sonrosadas, una sombra doblemente curvada. ¡Era S!

Sin entregarme a largas reflexiones, llegué a una conclusión: "Bajo ningún precio me verá aquí". Me pegué a la pared y arrastrándome, acabé por llegar al piso sin cerrar. Durante unos segundos me detuve delante de la puerta. Mientras, el otro ascendía lentamente, con pisadas sonoras. ¡Ojalá no cruja la puerta! Imploré casi que no hiciera ruido, pero la puerta era de madera, de modo que crujió y chirriaron los goznes

En mi huida precipitada pasaron al vuelo: amarillo, verde, rojo, el Buda y, antes de darme cuenta, me encontraba delante del armario. Con el rostro pálido como la muerte, los ojos muy abiertos y asustados, me encontraba allí. Atisbé angustiosamente, y a través del bullicio de mi propia sangre oí cómo se abría ruidosamente la puerta del piso. Era él, sin duda, él. Resaltaba la llave del armario; la tomé y el llavero comenzó a balancearse. De pronto recordé un detalle. Aquel día abrí violentamente la puerta del armario y me metí adentro. Un paso y de pronto perdí el suelo bajo los pies. Lentamente, muy lentamente fui cayendo al vacío, los ojos se me nublaron y perdí la conciencia; estaba muriéndome, ¡me moría!

Posteriormente, al escribir estos extraños sucesos, escarbé en la memoria durante mucho tiempo e incluso tuve que consultar toda una serie de libros hasta que se me hizo evidente el final: había sido víctima de un estado que nuestros antepasados llamaron "desmayo", el cual, en cambio, es totalmente desconocido para nosotros.

No sé durante cuánto tiempo estuve inconsciente, posiblemente diez o quince segundos. Al recobrar el sentido me encontraba rodeado de la más profunda oscuridad, pero seguía deslizándome hacia un fondo desconocido. Fui tanteando con la mano hasta que tropecé con un muro áspero en el que mis dedos se lastimaban hasta sangrar, de modo que aquello no era un simple juego de mi fantasía. Pero ¿qué sería?

Oí mi respiración jadeante. Temblaba literalmente de miedo; pasaba un minuto, dos, tres, y sin embargo seguía bajando. Por fin experimenté una leve sacudida; volví a pisar tierra firme. Tanteando en la oscuridad, encontré el pomo de una puerta; abrí y di un paso. Una luz mortecina penetró en la oscura galería. Al volverme, observé alarmado que un pequeño ascensor a mis espaldas había vuelto a ponerse en movimiento hacia arriba y era bastante rápido.

Quise detenerlo pero ya era demasiado tarde, tenía cortada la retirada y no sabía dónde me encontraba. Aquel pasillo era la única salida. Un silencio apremiante me acosaba. En las estancias abovedadas ardían unas lámparas pequeñas, una interminable hilera de oscilantes puntitos de luz.

El largo pasillo me recordaba las galerías de nuestros subterráneos, pero éste no estaba construido de vidrio grueso, transparente e irrompible, sino de un material anticuado que yo no conocía. Tal vez era la galería subterránea destinada a refugio por la gente durante la Guerra de los Doscientos Años, fuera lo que fuera tenía que internarme en él, sin remedio.

Anduve unos veinte minutos. Luego el pasillo torció a la derecha, se ensanchó, las lámparas esparcían una luz más viva. Oí unos ruidos sordos, desconocidos. No podía distinguir si eran voces humanas o ruido de máquinas, pero de todos modos me encontré de pronto frente a una verdadera puerta pesada y opaca. ¡Del otro lado de esa puerta, venían los ruidos!

Llamé con el puño. Primero con cautela, luego con mayor fuerza. Se oyó un chirrido y la puerta se abrió lentamente.

No sé quién de los dos quedó más sorprendido. Cara a cara, me encontré de pronto con el pequeño doctor.

–¿Usted está aquí? –exclamó asustado.

Yo lo miraba fijamente, en silencio, y no entendía palabra de lo que decía, como si jamás hubiera oído el sonido de una voz humana. Seguramente quería que me fuera, pues me agarró con su fina mano y me condujo nuevamente al pasillo.

–Permítame –le dije–, pensaba que usted, quiero decir I-330…

–¡Aguarde! –me interrumpió, desapareciendo rápidamente.

¡Por fin, sí, por fin! Estaba aquí. Me la imaginé con su vestido de seda amarilla, su sonrisa irónica, sus pestañas caídas sobre las pupilas, y mis labios temblaron. También mis manos y mis rodillas temblaban, y se me ocurrió una idea descabellada, las vibraciones son tonos, de modo que mis temblores deben de sonar también; pero ¿por qué no los oigo?

Luego vino ella, con los ojos dilatados, muy abiertos. Y yo me hundí en ellos.

–No pude soportar esto más tiempo. ¿Dónde estuvo metida todos estos días? –La contemplé fijamente, como hechizado, y tartamudeé, casi febrilmente–: una sombra, a mis espaldas... Estaba como muerto... El armario, su amigo el doctor dice que tengo un alma incurable.

–Un alma. ¡Incurable! ¡Pobre! –me respondió I con una sonora carcajada.

De pronto se disipó mi estado febril. Me rodeaba su risa burlona, melodiosa, lo que me causaba gran bienestar. El doctor, tan simpático, tan magnífico:

–Bueno... ¿Qué?... –le pregunto.

–No hay motivo para asustarse. Ha venido por pura casualidad, luego se lo contaré todo. Dentro de un cuarto de hora estaré de vuelta.

El doctor se marchó. Ella, en cambio, esperó un momento hasta que la puerta se cerró con ruido. Luego rodeó con sus brazos mi nuca y se me acercó mimosa; el contacto de su cuerpo era como una puñalada que penetraba cada vez más profundamente en mi corazón. Estábamos a solas, abrazados ascendimos por unos escalones oscuros e interminables.

Ambos guardábamos silencio. No podía ver nada, pero intuía que ella caminaba con los ojos cerrados y los labios entreabiertos, que escuchaba una leve melodía que era el casi imperceptible temblor de mi cuerpo.

Llegamos a uno de los patios de atrás; uno de los muchos que tiene la Casa Antigua; vi una cerca parecida a unas costillas de piedra, desnudas, y un muro medio derrumbado, cuyos restos se erguían como dientes amarillos. Ella entornó los ojos y dijo:

–Pasado mañana, a las dieciséis horas.

¡Y se fue!

¿Ha sucedido realmente todo esto? No lo sé. Pasado mañana lo sabré. Solamente ha quedado una clara huella, una sola: un rasguño en un dedo de mi mano derecha. Pero hoy, cuando fui al Integral, me aseguró el segundo constructor que había visto personalmente cómo con el dedo rocé la rueda de la pulidora. Tal vez sea esta la verdad. ¡Yo no lo sé, ya no sé nada, absolutamente nada!

18
En la jungla de la lógica.
Heridas y parches.
Nunca más.

Ayer, cuando fui a dormir, me hundí en seguida en el mar sin fondo de los sueños, como si fuese una nave demasiado cargada. Sentí perfectamente la presión de las olas verdes y oscilantes. Luego me llevaron a la superficie, poco a poco, y a medio camino abrí los ojos: mi habitación estaba bañada de luz verdosa, matutina y fría. En la puerta de mi armario jugaba cegándome la estrecha franja de un rayo de sol. Aquella luz me impedía respetar las horas reglamentarias de descanso.

Pensé que sería mejor abrir la puerta del armario. Pero no encontraba las energías necesarias para levantarme, me sentía como apresado por una tela de araña y también en mis ojos habían unas legañas pegajosas y enormes.

Me incorporé, sin embargo, abrí el armario y de pronto vi detrás de la puerta a I, que estaba quitándose el vestido. Estoy tan acostumbrado desde hace algún tiempo a las cosas más inverosímiles que ni siquiera me sorprendí, tampoco le hice pregunta alguna. Entré en el armario, cerré la puerta de golpe y abracé a I jadeante y como ciego.

Un rayo de sol penetró a través de la hendidura como si fuera un filo brillante y agudo, y cayó de lleno sobre el cuello desnudo y echado hacia atrás de I. Me asusté tanto por aquella impresión que perdí la serenidad y grité. Abrí los ojos...

Estoy en mi habitación. Todavía reina una luz matutina fría y verde. El sol se refleja en la puerta del armario. Aún me encuentro acostado. De modo que sólo se trataba de un sueño. Pero mi corazón late como si quisiera reventar, en las yemas de los dedos siento dolor y también en las rodillas.

Por lo tanto, no debe de ser un sueño. No sé si duermo o si estoy despierto. Las magnitudes irracionales desplazan todo lo duradero y habitual, en lugar de las superficies sólidas y pulidas, en todas partes veo unas paredes gruesas, ásperas y blandas.

Mucho tiempo ha de pasar todavía hasta que suene el despertador. Sigo acostado, reflexiono y por fin llego a una conclusión (extraña): a toda ecuación, a cada figura geométrica, corresponde una línea curva o un cuerpo. Para las fórmulas irracionales, la raíz cuadrada de -1, no conocemos ningún cuerpo proporcional, puesto que no lo podemos ver. Pero lo terrible es que estos cuerpos invisibles existen o han de existir sin duda, en las matemáticas muchas veces se introducen sombras extrañas, fantasmagóricas y espinosas, las raíces irracionales, como sombras proyectadas sobre una pantalla. Pero ni las matemáticas ni la muerte se han equivocado hasta ahora. Y si no podemos ver esos cuerpos en nuestro propio mundo, en el mundo de los planos, entonces es que deben habitar su propio cosmos, un cosmos extraordinariamente poderoso, oculto para ellos.

Sin esperar a que sonara el despertador, abandoné la cama de un salto y comencé a pasear por la habitación. Mi ciencia matemática, que hasta ahora había sido la única tierra aislada firme e inmutable de mi existencia, se había desprendido violentamente y bailaba sobre las agitadas olas. ¿Tal vez esto significaría que aquella ridícula alma era tan real como mis botas, a pesar de que en estos momentos no las podía ver, porque me encontraba al otro lado de la puerta del armario? Y si mis zapatos no eran ninguna enfermedad, ¿por qué el alma había de serlo?

Me movía torpemente por un círculo vicioso y no encontraba salida alguna en la jungla de la lógica. Aquí había los mismos abismos desconocidos y terribles que detrás del Muro Verde, y en ellos vivían también seres extraños e insondables.

Detrás de un grueso vidrio me había parecido descubrir la existencia de algo infinitamente grande y al mismo tiempo pequeño, algo como un escorpión, cuyo veneno con el signo negativo estaba oculto y sin embargo todos sabían que existía: la raíz matemática de signo negativo. Pero posiblemente no era otra cosa que mi alma, que, igual que el veneno en el escorpión de nuestros antepasados, estaba oculta, dispuesta contra todo.

Sonó el despertador. Era ya de día. Todos mis pensamientos no habían muerto, ni siquiera desaparecido, sino que tan sólo quedaban postergados por la luz diurna, de la misma forma que los objetos visibles no mueren durante la noche, sino que únicamente quedan envueltos por la oscuridad. En mi cabeza se agitaba un mar de finas neblinas. Y a través de estas vi unas mesas largas de cristal y unas mandíbulas que se movían al compás. En algún lugar lejano se movía un metrónomo con su suave tic, y al compás de esta música habitual fui contando hasta cincuenta de forma totalmente mecánica.

Cincuenta movimientos de mandíbula son los prescritos por la ley para masticar cada bocado. Siguiendo automáticamente el compás, fui escaleras abajo y quedé registrado en el libro de salida igual que todos los demás; pero experimentaba claramente que estaba aislado de todos cuantos me rodeaban; que estaba solo, cercado por un muro blanco que mitigaba todos los ruidos; y detrás de este muro estaba mi propio mundo.

Pero si este mundo sólo me pertenece a mí, ¿entonces qué tengo que ver con todas estas anotaciones mías actuales? ¿Por qué, entonces, hablo aquí de mis pesadillas y sueños delirantes, de los armarios y de los pasillos infinitamente largos? Tengo que darme cuenta a pesar mío de que estoy escribiendo una novela de aventuras realmente fantástica, en lugar de un poema severamente matemático y exacto, en homenaje al Estado Único. Realmente quisiera que se tratara solamente de una novela y no de mi vida actual, en la que abundan las magnitudes desconocidas, las raíces cuadradas de -1 y los descarrilamientos culpables.

Tal vez sea mejor que todo haya sucedido, así usted, lector desconocido, en comparación con nosotros, no es seguramente nada más que un niño (hemos sido educados en el Estado Único, y por esta razón hemos conseguido el estado de progreso más elevado y más perfecto humanamente). Y, como los niños, ustedes querrán encontrar, seguramente, todo lo amargo que les hemos de ofrecer, envuelto por una capa de dulce, para que lo ingieran y digieran con mayor facilidad.

Atardecer.

¿Conoce usted esta sensación?: en el avión nos dirigimos a toda velocidad hacia las alturas, la ventanilla está abierta y el viento me azota el rostro. Ya no existe la Tierra, ha caído en el olvido, está tan distante como Saturno, Júpiter y Venus. Así es como vivo ahora: el viento aúlla en mis oídos, he olvidado la Tierra e incluso a mi querida O. Pero la Tierra existe, y tarde o temprano regresaré a ella planeando. Sólo cierro los ojos ante aquel día en que, en la tabla sexual de anuncios, se citaba su nombre: O-90.

Hoy, la distante Tierra me lo recordó. Según la prescripción del médico (estoy firmemente decidido a curarme), caminé durante dos horas a través de los Prospekts rectilíneos y desolados, totalmente vacíos de seres humanos. Todos estaban en los auditorios, tal como lo prescribe la ley; tan sólo yo no la cumplía.

Me imaginé una comparación angustiosa: imagínese un dedo que queda cortado de la mano, un solo dedo que camina de prisa, encogido y a grandes zancadas por las aceras cristalinas. Este dedo era yo. Lo más extraño es que no sentía el menor deseo de regresar para incorporarme a la mano. Prefería seguir solo, o bueno, ya nada tengo que ocultar, estar con aquella mujer, apoyarme contra su hombro, tomarla de la mano y perderme totalmente en ella.

Al regresar a casa, el sol se había puesto. Encima de los muros cristalinos, en la cúpula dorada de la torre de los acumuladores, en las voces y en las sonrisas de los números que se cruzaban conmigo, encontré la ceniza de la luz vespertina y moribunda. ¿No resulta extraño que los rayos en el ocaso tengan los mismos ángulos que los del sol naciente y, sin embargo, ambos resulten absolutamente distintos entre sí? La luz crepuscular es totalmente tranquila, casi un poco amarga; en cambio, la de la mañana está llena de frescor y de melodías.

Me hallaba delante de la mesita de control, en el vestíbulo. U, la funcionaria de vigilancia, extrajo de en medio de un manojo de cartas un sobre y me lo tendió. Repito, U es una mujer honesta, y estoy convencido de que solamente quiere mi bien. Sin embargo, cada vez que he de contemplar sus mejillas, mofletudas como unas agallas, tengo una sensación molesta e inquietante.

U me tendió con su mano huesuda la carta y exhaló un profundo suspiro. Pero aquel suspiro rozó el telón que me separa de mi mundo exterior, del medio ambiente; aunque me rozó muy levemente, porque no hacía más que pensar en aquel trozo de papel que temblaba entre mis dedos. Seguro que debía de ser una carta de I.

U suspiró de nuevo, y de forma tan notoria, que alcé sorprendido los ojos. Ella bajó la mirada, avergonzada, y procuró dar a sus mofletes la forma de una sonrisa dulce y seductora.

—¡Oh, pobre, es para usted! —dijo, señalando la carta. Seguro que conocía su contenido, pues estaba obligada a censurarlo todo.

—¿Por qué lo dice?

—No, no, querido amigo, lo sé mejor que usted mismo. Vengo observándole desde hace tiempo y veo que necesita de alguien que vaya con usted a través de la vida, de su brazo; alguien que conozca la vida.

Su sonrisa parecía pretender aliviar la herida que me causaría la carta que llevaba en la mano. Por fin agregó en voz baja:

–Quiero volverlo a pensar; quizás encuentre el medio de ayudarle.

¡Gran Protector! ¿Es este realmente mi destino? ¿Tal vez ella quiere darme a entender, con lo que acaba de decir, que me ha puesto el ojo encima?

Se me borraba todo de la vista, veía miles de sinuosidades y la carta parecía bailar fantasmagóricamente. Me acerqué a la pared para estar más cerca de la luz. El sol se apagó y la ceniza oscuramente roja de mi interior, en el suelo y en la carta, que seguía sosteniendo en mi mano, adquirió un matiz grisáceo.

Abrí el sobre y miré la firma, y entonces se abrió dentro de mí una profunda herida. La carta no era de I, sino de O. En el ángulo inferior derecho vi una mancha azul pálida, tal vez una gota de agua. No puedo soportar manchas, sean de lo que sean y vengan de donde vengan. ¡No!

Antes, una mancha así sólo despertaba en mi interior una pequeña sensación de desagrado. Pero, ¿por qué ahora me parece tan grande como una nube y por qué oscurece todo a mi alrededor? ¿Acaso vuelvo a tropezar con ese asunto tan descabellado del alma?

O escribía:

"Desde luego, nada entiendo de redacción de cartas, pero no importa. De todos modos, ha de saber que no puedo vivir sin usted ni una sola hora, ni una primavera. R-13 es para mí tan sólo... (bueno, esto no tiene importancia para usted). Pero estoy muy agradecida a R-13, no sé cómo habría sabido superar las horas pasadas sin su ayuda. En estos últimos días y en estas últimas noches he envejecido no diez, sino veinte años. Tenía la sensación de que mi habitación ya no era cuadrada, sino redonda, y de que erraba continuamente como un círculo, sin encontrar en parte alguna la salida.

No puedo vivir sin usted, porque lo amo. Sé que ahora no necesita a nadie más que a ella en el mundo, y precisamente porque lo amo tengo que renunciar a usted. Dentro de dos o tres días, cuando haya vuelto a recomponer algo, aunque sea muy poco, los jirones de mi antiguo ser, para que se parezca en algo a la antigua O, quiero anular mi abono con usted y así se sentirá aliviado. No volveré nunca más. Perdóneme".

Claro que sería lo mejor, ella tiene razón. Pero ¿por qué?, ¿por qué?

19
Una magnitud infinitamente pequeña y de tercer orden. La frente arrugada. Una mirada más allá de la balaustrada.

En un pasillo, fantástico e inquietante, con lámparas y luces oscilantes cuando me hallaba en uno de los rincones más ocultos del patio de la Casa Antigua, me había dicho: "Pasado mañana". Ese "pasado mañana" es hoy y todo parece tener alas. El día vuela y también nuestro Integral se remontará pronto por los aires. Ya ha quedado acoplado el motor a propulsión.

Hoy lo hemos probado. ¡Qué salvas tan hermosas, enormes, magníficas!

En el instante de la primera explosión, había unos diez números distraídos delante del escape y nada quedó de ellos sino un montoncito de cenizas. Para satisfacción mía, puedo escribir aquí que este incidente no alteró en nada el programa del trabajo. Ni uno solo de nosotros movió siquiera una pestaña, como las máquinas proseguimos –ellas con sus movimientos rectilíneos y circulares– nuestra labor del modo más exacto, como si nada hubiera sucedido.

Diez números no son más que una cienmillonésima parte de la masa del Estado Único, es decir, una magnitud infinitamente pequeña, de tercer orden. Nuestros antepasados estaban poseídos por una compasión risible y ridícula.

Por otra parte, se me ocurre pensar ahora en algo bastante ridículo, con respecto a lo que ayer pude estar hilvanando mentalmente a causa de una mancha miserable y gris, y me sorprende que la haya llegado a mencionar en mis anotaciones. También esto es consecuencia, desde luego, del reblandecimiento de la superficie plana, que debe ser de la dureza de un diamante, como lo son nuestros muros de cristal.

Las dieciséis horas. No fui al paseo general.

¿Quién sabía si a lo mejor se le ocurría venir precisamente en este momento?

La casa estaba tan vacía, que casi me encontraba totalmente solo. A través de los muros, brillantes a causa de los rayos solares, pude ver perfectamente toda la larga hilera de habitaciones vacías, suspendidas en el aire tanto a mi derecha como a mi izquierda y debajo de mí. Una sombra gris y espesa ascendía por la escalera de brillo azulado, cuyos escalones casi no se veían debido a los resplandores del sol. Oí unos pasos y vi cómo cruzaba por delante de mi puerta. Me sonrió y luego descendió por la otra escalera.

Se cerró la puerta de mi numerador. En el campo estrecho y blanco vi a un número masculino desconocido (comenzaba por una consonante y por esta razón me di cuenta de que se trataba de un hombre). El ascensor empezó a zumbar y la puerta se cerró de golpe. Ante mis ojos aparecieron unas cejas gruesas y contraídas y encima una frente abultada, que parecía un sombrero echado sobre la cara, de modo que apenas se podían ver los ojos.

—Aquí hay una carta para usted —dijo el desconocido—. Es de ella. Le ruega que proceda exactamente como le indica.

Miró de reojo a su alrededor. Pero no había nadie. Por fin me tendió la carta y se marchó. Volví a estar solo.

Pero no era así, el sobre exhalaba un aroma delicado, un perfume, y contenía un billete rosa. ¡Viene por fin a verme! Pensé rápidamente en que debía repasar sus líneas en un abrir y cerrar de ojos para poder convencerme por mí mismo de que vendría, para poder cerciorarme de que era así, de que sería así. Pero ¿qué decía? Volví a leer la carta, una y otra vez: "Guarde el billete. Y, aunque no vaya, corra los cortinajes como si estuviera con usted. Lamento infinitamente…".

Rompí la carta. Me vi en el espejo con el ceño fruncido. Tomé el billete rosa para romperlo también.

"¡Le ruega que proceda exactamente como le indica la carta!". Mis manos parecían caer inertes y el billete rosa flotó, hasta posarse, sin ayuda, encima de la mesa. Era más fuerte que yo. ¡Y yo tenía que hacer lo que ella me ordenaba! Pero, ¿tenía que hacerlo realmente? Bueno, hasta el atardecer quedaba todavía mucho tiempo. El billete seguía sobre la mesa.

¡Qué fastidio no tener un certificado médico para hoy!

Quisiera marchar, caminar, caminar sin fin y sin límite a lo largo de todo el Muro Verde; después desplomarme encima de la cama. Pero tenía que acudir al auditorio número 13 y estar allí durante dos horas, permanecer sentado sin moverme de mi asiento, ¡dos largas horas!

Durante la disertación, ¡qué extraño!, del aparato reluciente no salió como siempre la voz habitualmente metálica, sino otra, suave y mimosa. Era una voz de mujer, me recordaba la voz de aquella vieja de la Casa Antigua.

La Casa Antigua… Todo parece asaltarme como una ola inmensa y tengo que hacer fuerza para no gritar a los cuatro vientos…

Escucho la voz suave y melodiosa, sin captar el sentido de sus palabras. Soy como una placa fotográfica en la que todo se destaca con especial agudeza: los reflejos lumínicos en el altavoz, el niño debajo, la ilustración viva de la disertación, la pequeña boca, que va chupando una de las puntas del uniforme, los diminutos puños crispados y los hoyuelos en la muñeca.

Ahora balancea su pequeña pierna por encima del borde de la mesa-mostrador y una manita parece querer agarrar el aire. ¡Pronto caerá el niño! De pronto, un grito. Una mujer vuela, más que corre, hacia el estrado, toma al niño antes de caer y lo coloca nuevamente en el centro de la mesa para regresar acto seguido a su asiento. Veo unos labios rosados, suavemente enarcados, unos ojos húmedos y azules. ¡Es O! De pronto reconozco y descubro la ley de regularidad casi matemática, la necesidad de este incidente sin importancia.

Está sentada en la fila posterior, a mi espalda. Me vuelvo hacia ella, que, obediente, deja de mirar al niño de la mesa para observarme. Ella, yo y la mesa en el estrado somos como tres puntos unidos por una línea, y esta línea forma la proyección de unos acontecimientos inevitables y aun invisibles.

Cuando regreso a mi casa, las calles aparecen como sumidas en su letargo verdoso, las lámparas arden fulgurantes. Pronto, las agujas del reloj pasarán de una determinada cifra, y luego, estoy seguro, haré algo inaudito. En mi interior oigo el tic tac de un extraño reloj. Es mi corazón que quiere que las gentes piensen que estoy con ella. Yo, en cambio, sólo la quiero a ella. ¿Qué me importan sus deseos? No tengo la menor intención de correr los cortinajes para complacer a gente extraña.

A mis espaldas oigo unos pasos rastreros y vacilantes. No me vuelvo porque sé que se trata de S. Sé que me sigue hasta el portal y seguramente observará luego mi habitación desde la otra parte de la calle hasta que corra los cortinajes que deben ocultar los delitos de esta mujer. No, él, mi Protector, mi ángel de la guarda, ha decidido el asunto. Estoy fuertemente decidido a no correr las cortinas.

Cuando enciendo la luz de mi habitación, veo a O delante de mi mesa. Ha cambiado de forma inquietante: los vestidos cuelgan de sus miembros, sus brazos caen sin fuerza y su voz suena débil:

—He venido por mi carta. ¿La ha recibido? ¡Necesito una respuesta inmediata!

Me encojo de hombros y la miro severamente a los ojos azules, como si ella tuviera la culpa de todo. Después de un prolongado silencio, digo irónico, acentuando cada una de mis palabras:

—¿Una respuesta? La respuesta es que tiene razón, toda la razón. En todo.

—De modo que eso quiere decir... —Procura ocultar su temblor, que, a pesar de todo, no se me escapa, tras una sonrisa forzada—. Bueno, entonces me marcharé inmediatamente.

Pero no se mueve, sino que sigue en el mismo lugar con los ojos clavados en el suelo y los hombros casi desarticulados. Encima de la mesa está todavía el billete rosa arrugado de la otra. Lo escondo debajo de una página de mi manuscrito. Tal vez lo quiera ocultar más ante mis propios ojos que ante O.

—Ya ve, escribo sin interrupción. Tengo ya ciento setenta páginas. Y me parece que todo esto será muy distinto de lo que yo mismo pensaba

Su voz sólo es la sombra de una voz:

—¿Se acuerda de la página siete? Entonces lloré y una lágrima mía cayó sobre el papel, y usted...

Se interrumpe. Y de sus ojos azules y grandes brotan de nuevo lágrimas que surcan sus mejillas. De pronto, excitada, añade:

—¡No puedo más, me voy! ¡Nunca más volveré! Pero quiero tener un hijo con usted. Deme un hijo y entonces me iré para siempre.

Veo cómo debajo del uniforme tiembla todo su cuerpo. Cruzando las manos detrás de mi espalda, digo sonriendo:

—¿Es que quiere acabar sus días encima de la máquina del Protector?

—¡Y a mí qué me importa, si ya lo siento en mi interior con exactitud! Y aunque lo tuviera tan sólo un día, si tan sólo pudiera ver una vez el pequeño hoyuelo en su bracito, como antes, encima de la mesa...

Tengo que pensar nuevamente, quiera o no, en los tres juntos. Ella, yo, y aquellos puños pequeños y crispados encima de la mesa del auditorio.

De colegiales nos llevaron cierto día a la torre de los acumuladores. En la plataforma superior, me incliné sobre la barandilla de cristal y miré hacia abajo. En la profundidad, los seres humanos eran como unos simples puntitos, entonces me asaltó un leve vértigo: "¿Qué sucedería si ahora me arrojara al vacío?", me pregunté entonces. Aquella vez, me agarré con todas mis fuerzas a la barandilla, pero ahora, en cambio, me arrojaría al abismo.

—¿Lo quiere realmente?

—¡Sí, lo quiero!

Saqué el billete rosa de la otra de debajo del manuscrito y bajé hasta el puesto de inspección. O me tomó por el brazo y gritó algo, que no llegué a comprender del todo hasta que volví a estar a su lado. Se había sentado en el borde de la cama y tenía las manos cruzadas en el regazo.

—¡Apúrese!…

La tomé brutalmente por la muñeca (mañana seguro que tendrá un moretón en el mismo sitio donde el chico tenía sus hoyuelos). Luego cerré la llave de la luz y hasta las ideas murieron. Oscuridad, fulgores… Así me precipité por encima de la barandilla a las profundidades del abismo.

20
Descarga.
Material de ideas.
El escollo O.

"Descarga", ésta es la palabra más adecuada. Ahora veo que esto era nada menos que una descarga eléctrica. Durante los últimos días mi pulso había adquirido cada vez mayor fuerza, más rápido y doloroso. Los polos se iban acercando uno al otro más y más, luego se produjo un crujido seco, ya sólo faltaba un milímetro y por fin la ¡explosión! Luego, un profundo silencio.

En todo mi interior todo ha quedado quieto, reposado y vacío, como una casa de la que han salido todos los habitantes excepto uno, que sigue asustado, enfermo en la cama, y escucha el martilleo de sus ideas.

Puede ser que esta "descarga" haya curado mi alma martirizada y que ahora vuelva a ser como todos los demás. Por lo menos, veo ahora con la imaginación a O encima de los escalones del cubo y a mí mismo debajo de la campana de gas. Ni siquiera experimento el menor dolor ante este espectáculo. También me resulta indiferente el hecho de que en la sala de operaciones quizás revele mi nombre en mi última hora. Con gratitud y conformidad, besaré la mano castigadora del Protector.

Frente al Estado Único tengo el derecho de someterme al castigo, y este derecho no me lo dejaré arrebatar. Ninguno de nosotros, los números, puede ni debe atreverse a pensar en la renuncia a este derecho único y, por esta razón, tan valorado.

Las ideas siguen martilleando mi cerebro, claras y metálicas; como si algún vehículo aéreo me elevara a las alturas azules de mis abstracciones favoritas. En el aire transparente de las alturas, mis consideraciones estallan como burbujas, y me parece risible este "derecho", pero reconozco que esta especie de rebeldía sólo se reduce a una las reminiscencias de los prejuicios ridículos de nuestros antepasados.

Existen ideas que parecen un recipiente de barro y otras que se diría que están hechas para la eternidad, siendo de oro o de un cristal extraordinariamente precioso. Para determinar el material de una idea, solamente hace falta rociarla con un determinado ácido de efecto fulminante. Uno de estos ácidos ya era conocido por nuestros antepasados, el *reductio ad finem*. Creo que así lo llamaban entonces; pero temían ese veneno, prefiriendo ver algo palpable, fuese lo que fuese; preferían un cielo de juguete a la nada azul. Nosotros, en cambio, gracias al Protector, somos unos seres adultos y maduros que no necesitamos juguetes.

Supongamos que expusiéramos a la acción del ácido la "idea verdad". Ya en épocas remotas, los espíritus más grandes sabían de la fuente de la verdad cuya base era el poder y, por lo tanto, creían que la verdad era una función del poder. Imaginémonos dos balanzas, una de las cuales contiene un gramo y la otra una tonelada; es como si en una estuviera el "yo" y en la otra el "nosotros" del Estado Único.

Consentir al "yo" cualquier derecho frente al Estado Único sería lo mismo que mantener el criterio de que un gramo pueda equivaler a una tonelada. Así se llega a la siguiente conclusión: la tonelada tiene derechos, y el gramo deberes, y el único camino natural de la nada a la magnitud es olvidar que sólo se es un gramo y sentirse como una millonésima parte de la tonelada.

Parece que los oigo a ustedes, habitantes de Venus, de rojas y rebosantes mejillas, y a ustedes, hombres de Marte, cubiertos de hollín como herreros, y oigo también sus protestas en medio de mi azulado silencio. Pero tienen que saber una cosa: todo lo solemne es sencillo, tengan esto presente: solamente son inalterables e inviolables las cuatro reglas fundamentales de la aritmética. Y solamente se convierte en solemne, la moral, y se torna inalterable y eterna cuando puede basarse en estas cuatro reglas.

Esta es la mayor de las verdades, es el vértice superior de la pirámide que intentaron escalar durante siglos y siglos los humanos, haciendo el mayor acopio posible de fuerzas, enrojecidos y jadeantes. Y cuando se echa un vistazo desde la cumbre de la pirámide hacia el abismo, donde todavía pululan, como gusanos insignificantes, lo que subsiste todavía en nosotros como herencia de nuestros antepasados incivilizados, cuando se mira y se contempla desde esta cumbre lo que queda debajo, entonces todos son iguales entre sí, la madre ilegal, el asesino o aquel demente que se atrevió a insultar al Estado Único con sus versos.

A todos les espera el mismo juicio: una muerte temprana. Esto no es más que la justicia sublime, con la que soñaban fantásticamente los humanos de la Edad de Piedra, iluminados por la aurora ingenua y rosada de la Historia: su "Dios", que para vergüenza de su santa iglesia, castigaba asesinando.

Bien, y ustedes, habitantes de Urano, sombríos y negros, que tan bien entendieron su cometido de quemar vivos en la hoguera a seres humanos, ¿por qué guardan silencio? Creo que están de mi parte. Pero presumo oír cómo los sonrosados habitantes de Venus murmuran algo de martirios, ajusticiamientos y de una resurrección de los estados de barbarismo. Me dan lástima, queridos míos, no son capaces de pensar en forma filosófico-matemática.

La historia de la humanidad se mueve en un círculo concéntrico hacia arriba, lo mismo que un avión. Existen distintas clases de círculos de esta índole, dorados y sangrientos, todos ellos divididos en 360°, y ahora partimos del punto 0 en adelante:

10, 20, 200, 360..., y luego volver a empezar. Sí, hemos vuelto al punto 0. Pero para mi inteligencia matemática, disciplinada, es absolutamente claro que este punto 0 es algo totalmente distintivo y nuevo. Desde el punto 0 hemos ido hacia la derecha y volveremos desde la izquierda hacia 0, y por esta razón tenemos ahora, en lugar de +0, un -0. ¿Me entienden?

Veo este 0 como si fuera un escollo monstruoso. En una oscuridad impenetrable chocamos, con la respiración contenida, con nuestra barca contra algo oscuro, el lado de la noche de este escollo 0. Durante siglos enteros fuimos a la deriva como Colón hacia aquel lugar, rodeamos toda la tierra y por fin descubrimos algo. Ante nosotros aparece de pronto, al otro lado del escollo 0, la luz nórdica y fría del Estado Único, un cuerpo azul, el chisporroteo del arco iris, centenares de soles y millones de arco iris.

¿Qué significación podrá tener el que un escollito fino y delgado como el filo de una navaja nos separe del otro lado negro e impenetrable del escollo 0? El cuchillo es lo más útil, lo más inmortal y genial creado por el hombre. El cuchillo era una guillotina, es el medio y remedio universal para la solución de todos los nudos gordianos y el camino de las parejas sigue el filo de un cuchillo que es el único camino digno de un espíritu que no conoce el temor

21
El deber de todo autor.
El hielo se dilata.
La forma más difícil del amor.

Ayer fue su día, pero no vino; me envió tan sólo unas líneas indescifrables, que nada aclaraban. Pero yo estaba tranquilo y por fin hice lo que me ordenaba en su carta; sí, por fin llevé su billete al conserje y seguí permaneciendo solo detrás de los cortinajes corridos de mi habitación; pero esto no lo hice porque fuera demasiado débil para oponerme a su voluntad. ¡Qué ridículo! Sencillamente fue porque los cortinajes me aislaban de una determinada sonrisa, que como las cataplasmas de un remedio quería ponerme sobre mis heridas, y también pude escribir con absoluta tranquilidad y paz esta página; esto fue lo primero. Y la segunda razón debió ser que seguramente temí perder en I la clave de todos los enigmas (la historia del armario, mi desmayo, etc.).

Me creo obligado a resolver este enigma sólo por el hecho de ser el autor de estas memorias, prescindiendo incluso de que todo lo desconocido suele repugnar por naturaleza al hombre; el *homo sapiens* es sólo humano en el pleno sentido de la palabra cuando en su gramática no existen los interrogantes, sino tan sólo los signos de exclamación, los puntos y las comas. Para ser justo y satisfacer mis deberes como autor, hoy a las 16 horas tomé una aeronave y volé a la Casa Antigua.

Tenía un fuerte viento en contra. La máquina luchó con dificultad contra la densidad del aire, y unos ramajes invisibles y silbantes parecían azotarme el rostro. La ciudad, a mis pies, parecía hecha de unos bloques azules de hielo. Allá a lo lejos una nube, una sombra rápida y oblicua. Y el hielo se tiñó de color gris plomizo y se dilató como en la primavera, cuando uno se encuentra en cualquier orilla helada y espera que en el próximo instante todo empiece a crujir, a reventar, a arrancarse de su base. Transcurre un minuto tras otro, pero el hielo sigue rígido, aunque en uno mismo todo comienza a dilatarse; y a cada nuevo instante late más de prisa el corazón. (¿Por qué escribo todas estas cosas y de dónde vienen todas estas sensaciones tan extrañas? Será porque no existe un rompehielos capaz de romper el cristal fino y puro de nuestra existencia).

No se veía a nadie en el portal de la Casa Antigua. Di una vuelta a todo el edificio y encontré por fin a la vieja junto al Muro Verde; había alzado la mano para proteger sus ojos y miraba hacia arriba. Encima del muro flotaban unos triángulos agudos y negros, unos pájaros que se lanzaban graznando contra la verja protectora de ondas electromagnéticas y luego volvían nuevamente.

Por la cara arrugada de la vieja se deslizaban unas fugaces sombras, mientras me miraba:

—No hay nadie, ni siquiera hace falta que entre.

¿Qué significaba esto? ¡Qué forma tan extraña de actuar conmigo, como si yo fuera el más insignificante de los seres humanos! Tal vez todos los de la Casa Antigua no sean más que creaciones de mi imaginación mientras escribo, acaso yo soy el que les ha dado vida al permitirles anidar en esta faceta donde antes solamente había unos desiertos blancos y rectangulares de papel. Si yo no estuviera, todos aquellos que andan a través de los cauces estrechos de mis líneas, jamás serían conocidos por nadie.

Desde luego, nada de todo esto dije a la vieja, por experiencia, para un ser humano es la mayor de las afrentas el poner en duda su propia realidad, el dudar de su realidad tridimensional.

Pero le repliqué en tono seco que ella tenía la obligación de abrir el portal. Sin decir palabra, me dejó entrar.

Todo estaba vacío. Todo estaba quieto. Detrás del Muro Verde soplaba el viento. Estaba lejos aquel día en que, hombro contra hombro y abrazados, ascendimos a través de los pasillos subterráneos... Sí, todo esto sucedió realmente. Atravesé unas arcadas de piedra, en las estancias altas y húmedas resonaban mis pasos y el ruido parecía el de los pasos de alguien que me persiguiera, pisando mis talones.

Unas paredes de ladrillos amarillentos, carcomidos por el tiempo, parecían contemplarme con sus huecos oscuros, reliquias de unas ventanas. Yo abría puerta tras puerta: todas ellas rechinaban, ya fueran de graneros o de otras casas, y atisbaba también hacia algún rincón desolado. Había callejones sin salida y pasillos laterales. En todos ellos me interné

Atravesé un pequeño portal que había en la verja y detrás encontré recuerdos de la Guerra de los Doscientos Años. En el suelo habían unas costillas desnudas, unos muros calcinados, había también una estufa antiquísima con un largo tubo y todo tenía el aspecto de una nave petrificada hasta el resto de la eternidad, en medio de un mar de olas de piedra amarillenta y tejas rojizas.

Era como si los hubiera visto en algún momento y tuvieran un especial significado para mí. Comencé a buscar. Caí en hoyos, tropecé con piedras, y unas espinas me arañaron el uniforme, mientras gotas de sudor corrían por mi cara. ¡Todo fue inútil! No descubrí por ninguna parte la salida del corredor subterráneo: ¡había desaparecido! Pero tal vez era mejor así, acaso no había sido más que un sueño. Agotado y cubierto totalmente de telarañas y polvo, regresé al patio principal. De pronto oí un leve susurro, unos pasos vacilantes, y me encontré ante aquellas orejas rosas, ante la risa maliciosa y sagaz de S. Arrugaba la frente y me miraba como si quisiera penetrar hasta el fondo de mi ser:

—¿Está de paseo?

No respondí. Parecían estorbarme mis brazos.

—¿Ya se encuentra un poco mejor?

—Sí, gracias, creo que pronto estaré totalmente restablecido.

Se apartó un poco y miró con insistencia hacia arriba. Su cabeza estaba por vez primera tan doblada hacia atrás que observé (nunca la había visto), la nuez de su garganta.

Encima de nuestras cabezas zumbaban algunas aeronaves a una altura no superior a unos 50 metros. Por la poca elevación del vuelo y por los prismáticos enfocados hacia el suelo, reconocí que se trataba de máquinas de los Protectores. Pero no solamente eran dos o tres, como de costumbre, sino diez o doce.

—¿Por qué hay tantas? —le pregunté.

—¿Por qué? ¡Ejem!… Un buen médico comienza el tratamiento ya en la persona sana. A esto se llama profilaxis.

Me saludó con un gesto de cabeza y se alejó sobre las baldosas de piedra del patio. Luego se volvió de nuevo y exclamó:

—¡Sea prudente!

Quedé solo. Quietud. Vacío. Encima del Muro Verde revoloteaban pájaros y el viento soplaba. ¿Qué había querido insinuarme?

Mi aeronave se deslizó rápida. Las nubes proyectaban sombras pesadas, y las cúpulas azules y los cubos de hielo transparente a mis pies se volvían pesados y grises: se dilataban.

Hora vespertina.

Abrí mi manuscrito para retener las ideas referentes al día de la Unanimidad que celebraremos dentro de poco (creo que estas ideas serán muy útiles para nuestros lectores). Pero no fui capaz de escribir. Estuve escuchando durante todo el tiempo cómo el viento se agitaba contra las paredes cristalinas de la casa, no hacía más que volverme continuamente para mirar a mi alrededor. Esperaba.

¿Qué es lo que esperaba? No lo sabía. Me alegré sinceramente al ver a U cuando entró en mi habitación, con sus mejillas mofletudas. Tomó asiento, se alisó la pollera, tapándose las rodillas, y su sonrisa volvió a ser como una cataplasma para mis heridas.

—Regresé hoy bastante temprano de mi clase —trabajaba en una clase de educación—. Por cierto que allí hay una caricatura pintada en la pared. Imagínese, una caricatura mía, en la que parezco un pescado. Bueno, tal vez tengo semejanza con un pez.

—¡Cómo puede decir eso! —le repliqué rápidamente (mirada desde cerca, realmente no se parece a un pez, y lo que yo he escrito de sus "agallas" no responde, desde luego, a la realidad).

—En el fondo no tiene, además, la menor importancia. Pero el caso es que alguien se ha animado a hacerme la caricatura. Naturalmente, he tenido que decírselo a los Protectores. Quiero mucho a los niños y creo que la forma más difícil y sublime del amor es la dureza, ¿me comprende?

¿Cómo no voy a comprenderla, si esto coincide absolutamente con mis propias ideas? No puedo hacer otra cosa que leerle un párrafo de mis anotaciones para confirmárselo. Este es:

"Muy tenuemente, metálicamente claras, martillean mis ideas…".

Sus mejillas coloradas comienzan a temblar y de pronto sus dedos secos y duros atenazan mi mano.

—¡Démelas! Las haré imprimir en discos para que mis niños las aprendan de memoria. Lo necesitamos con tanta precisión como los habitantes de Venus, tal vez lo necesitemos nosotros aún más que ellos.

Mira alrededor y susurra:

—¿Lo ha oído usted también? Se dice que el día de la Unanimidad ha de ser el de…

Me levanté de golpe y la interrumpí.

—¿Qué es lo que dice del día de la Unanimidad?

De pronto las paredes confortables, las cuatro paredes de mi morada, dejan de existir. Es como si me hubiera lanzado al vacío, donde una violenta tormenta barre los tejados y unas nubes oscuras se precipitan sobre la tierra.

U me rodeó los hombros con el brazo y dijo con voz firme:

—Siéntese, mi querido amigo, y no se exalte inútilmente. ¡Se dicen tantas cosas! Si quiere, estaré a su lado aquel día. Puedo rogar a alguien que se cuide de mis niños y así podré estar con usted. También usted no es más que un niño y necesita...

—¡No, no! —volví a interrumpirla—. Bajo ningún concepto, si así ocurriera pensaría realmente que soy un niño que no puede estar sin vigilancia. ¡No, de ninguna manera! —Tengo que confesar que para aquel día tenía otros proyectos.

Ella sonrió, lo que por lo visto quería decir: "¡Ay, qué chico más terco!". Luego se sentó. Bajando la mirada al suelo, se tapó nuevamente, con un gesto pudoroso, las rodillas con la pollera y cambió de tema.

—Creo que por fin me tengo que decidir. Por usted. No, por favor, no me apure, tengo que pensarlo despacio.

¡Pero yo no la apremiaba! Y eso que me daba cuenta que debía sentirme dichoso y que era un gran honor para mí poder coronar el otoño de la existencia de un ser humano.

Durante toda la noche creí oír el pesado batir de unas alas y tuve que cubrirme el rostro con las manos como si así pudiera salvaguardarme de sus golpes. Luego, lo de la silla. No era una silla moderna de las nuestras, sino otra, muy anticuada, de madera. Y trotaba como un caballo.

La silla se acercaba a mi cama, saltaba sobre mi cubrecamas y yo la abrazaba. ¡A una silla de madera! ¡Todo era muy incómodo, y dolía!

¿Es que no existe ningún medio para eliminar estas pesadillas enfermizas o para convertirlas en algo útil y razonable?

22
Olas congeladas.
Todo se perfecciona.
Soy un microbio.

Imagino que está en la orilla del mar. Las olas suben poco a poco y de pronto se quedan inmóviles, se enfrían y se petrifican. Este hecho tan horroroso sucedió durante nuestro paseo prescrito por la ley.

Las filas de los números se acumularon, comenzó a reinar la confusión y todo quedó petrificado.

Algo similar ocurrió otra vez, 119 años atrás, cuando un meteoro cayó fulminante del cielo en medio de los transeúntes.

Marchábamos como siempre, al igual que un ejército. Están representados los ejércitos en un relieve así, 1000 cabezas con las piernas en movimiento y los brazos alzados. Desde el final del Prospekt, donde zumbaba amenazante la torre de los acumuladores, se nos acercaba un cuadro: en ambos extremos, delante y detrás, los vigilantes, y en el centro tres hombres a los que habían quitado los distintivos dorados con los números. Todo era horriblemente revelador de una verdad terrible y exacta.

La enorme esfera de cifras en la torre era como un rostro que se inclinaba desde las nubes, vomitando los segundos hacia abajo y esperando con indiferencia. En aquel momento, a las trece horas y seis minutos, aquel cuadro comenzó a alterarse hasta la confusión. Sucedió en mi más inmediata proximidad y recuerdo perfectamente un cuello largo y delgado y unas sienes surcadas por arterias azules, como si fueran ríos en el mapa de un mundo pequeño y desconocido; este mundo desconocido era aún joven.

Por lo visto, había descubierto entre los transeúntes a un número determinado, por lo que alargó el cuello y se detuvo. Uno de los vigilantes lo fustigó tan valientemente con el látigo eléctrico, que se originó un verdadero chisporroteo azulado. El joven gimió quedamente, de modo muy parecido a un perrito. Y luego, cada dos segundos, latigazo-gemido-latigazo-gemido.

Seguimos paseando tranquilamente, y al ver las líneas en zig zag de las chispas, pensé: "en la sociedad humana todo se torna infinitamente perfecto, y, desde luego, así ha de ser. ¡Qué arma tan fea era el látigo de nuestros antepasados! Y qué hermosura, en cambio…". En este instante se destacó la silueta esbelta de una mujer de nuestro grupo que se precipitó hacia el cuadro prorrumpiendo en un grito:

—¡Basta, no lo vuelvan a tocar!

Este acontecimiento causó el mismo efecto que aquel meteoro de hacía 119 años: el primer grupo de paseo se detuvo, y nuestras filas se convirtieron en crestas de olas grises, que el frío hace congelar y petrificar súbitamente.

Durante unos segundos contemplé a aquella mujer con el mismo terror que los demás: ya no era un número, se había convertido en persona; ya sólo existía como la substancia metafísica de una ofensa. Se volvió moviendo levemente las caderas, y de pronto me di cuenta de que yo conocía aquel cuerpo fino y dúctil como una espiga, lo conocían mis manos. Por lo menos en aquel instante estaba plenamente convencido.

Dos hombres de la guardia le salieron al encuentro. ¡Y alzarían sus látigos, que se reflejaban en el cristal reluciente de las aceras! No tardarían en castigarla. Se detuvieron los latidos de mi corazón y, sin reflexionar un solo instante, me precipité también hacia ellos.

Noté que miles de ojos asustados se clavaron en mi espalda, pero precisamente esto iba a proporcionar aún mayor energía a este salvaje de manos peludas que salía de mi propio ser, para correr aún más rápido: ya sólo faltaban dos pasos y en aquel momento ella se volvió.

Un rostro cubierto de pecas, unas cejas pelirrojas... ¡No era ella! ¡No era I!

Una alegría loca me asaltaba. Quería gritar a los cuatro vientos: "¡Deténganla!" o algo similar, pero las palabras no salían de mi boca. Ya se había abatido una mano pesada sobre mi hombro, para detenerme. Y yo procuraba aclararle al guardia:

—¡Escuche, compréndame, pensaba que!...

Pero ¿cómo explicarles lo que sucedía, contarles mi enfermedad, la que he descrito en estas anotaciones? Una hoja, arrancada por una súbita ráfaga de viento, cae obediente al suelo, pero al caer se vuelve desesperada, se agarra a cada una de las ramas, familiares, a cada ramita. Así me agarraba yo en busca de ayuda a cada una de las cabezas redondas, a las cúpulas, al hielo transparente de los muros y a la punta dorada de la torre de los acumuladores.

Exactamente en el mismo instante en el que el telón del silencio amenazaba separarme para siempre de este mundo, apareció muy cerca un rostro conocido. El hombre gesticulaba excitado con sus manos rosadas; luego dijo con voz familiar:

—Creo un deber atestiguar que D-503 está enfermo y que no es capaz de dominar sus sentimientos. Estoy convencido de que se ha dejado arrebatar por una indignación absolutamente natural.

—Sí, sí —exclamé—. Hasta he gritado.

A mis espaldas alguien replicó:

—No ha gritado en absoluto.

—Pero quería gritar. Lo juro por el Protector; quería gritar.

S me dirigió una mirada fría y penetrante. No sé si penetraba en mi más profundo interior y creía que casi decía la verdad, o si quería salvarme por algún tiempo, pero de todos modos escribió unas palabras en un papel y lo dio luego a uno de los guardias. Así quedé libre e incorporado nuevamente a las filas ordenadas e infinitas.

El rostro pecoso y las sienes surcadas por venas azuladas desaparecieron por la esquina. ¡Para siempre! Nosotros seguimos marchando, un cuerpo con millones de cabezas, y cada uno de nosotros tenía una alegría humilde, en la que seguramente vivían átomos, moléculas y fagocitos. En el viejo mundo, los cristianos, como únicos predecesores nuestros (pero mucho más imperfectos), debían de saber que la humildad es virtud y que, en cambio, el orgullo es un vicio, que el "nosotros" proviene de Dios, y que el "yo" del Diablo.

Seguíamos marchando al mismo compás que los demás y, sin embargo, yo estaba separado de ellos. Este incidente me había sobresaltado tanto, que todo mi cuerpo seguía temblando. De pronto me sentí a mí mismo, y a mi propio yo. Todos aquellos que se dan cuenta de sí mismos son conscientes de su individualidad, pero solamente el ojo inflamado, el dedo lastimado, el diente enfermo se evidencian; el ojo sano, el dedo indemne, y el diente intacto no parecen existir. De modo que, sin duda alguna y con absoluta certeza, uno está enfermo cuando siente su propia personalidad.

Tal vez yo no soy ningún fagocito que devora los microbios destructores (como a aquel joven y la mujer pecosa), tal vez soy sólo un microbio y quizás hay millones entre nosotros que se creen fagocitos.

Pero, ¿qué sucedería si este incidente de hoy, de por sí bastante insignificante, fuese sólo el principio, únicamente el primer meteoro de toda una lluvia de piedras candentes, que caen desde lo infinito sobre nuestro paraíso?

23
Flores.
La disolución del cristal.
Y si...

Dicen que hay unas flores que sólo se abren y florecen cada cien años. Entonces, ¿por qué no ha de haber otras que florezcan una vez cada mil e incluso cada diez mil años? Quizá no lo hayamos sabido por la simple razón de que este "una vez cada mil años" pasa precisamente hoy.

Ebrio de felicidad bajé al vestíbulo y ante mis ojos se abrían en todas partes unos capullos milenarios para florecer: sillones, bocas, insignias doradas, lámparas eléctricas, ojos oscuros y suaves, las varas relucientes de cristal en la barandilla de la escalera, un pañuelo policromo que alguien había perdido en los escalones, la pequeña mesita en la garita del conserje, las mejillas suavemente sonrosadas de U... Todo era nuevo, suave, tierno, rosado y lozano.

U tomó mi billete rosa: encima de su cabeza –a través del muro cristalino– pendía la luna como una cuña invisible, azulada y pura.

Alcé la mano y le dije:

–¡La luna! Mírela.

Ella me contempló, luego vio el billete rosa y bajó su pollera con un gesto pudoroso, tapándose las rodillas.

–¡Hoy tiene un aspecto anormal y enfermizo, querido! La anormalidad y lo patológico son una misma cosa. Usted se está arruinando, pero nadie se lo dice. ¡Nadie!

Con ese "nadie" quería referirse al número de mi billete: I-330. ¡Mi querida y buena U! Naturalmente tiene razón: soy verdaderamente irrazonable y me encuentro enfermo, tengo un alma y soy un microbio. Pero, ¿es que el florecer es una enfermedad? ¿Es que no debe producir dolor cuando el capullo rompe en flor? ¿No cree que el espermatozoide es el más terrible de todos los microbios?

Volví a mi cuarto. ¡En mi sillón se encontraba sentada I!

Me eché a sus pies, abracé sus rodillas y puse mi cabeza en su regazo. Guardamos silencio. Todo era quietud. Mi corazón latía hasta estallar. Tenía la sensación de que era un cristal que se disolvía en ella. Experimentaba algo así como si unas aristas pulidas, que me impedían la dilatación, se fundieran por fin y desaparecieran al calor de su regazo cada vez más pequeño y apretado y cada vez más ancho, más crecido y más inconmensurable.

Es que ella ya no era I, sino el mismo cosmos. Durante un segundo estuvimos solos, I y este sillón tan colmado de alegría junto a mi cama. Y otra vez recordé la sonrisa radiante de la vieja de la Casa Antigua, la espesura salvaje a través del Muro Verde, las plateadas ruinas de fondo negro sumidas en los mismos sueños de aquella vieja; y una puerta que se cerraba de golpe a lo lejos. Todo esto estaba en mí.

Traté de explicar con unas frases confusas y casi sin sentido que yo era un cristal y que en mi interior se cerraba una puerta, pero lo que dije era tan descabellado, que tuve que callar avergonzado, murmurando a continuación tan sólo:

—Perdóname. No sé realmente por qué digo tantas estupideces.

—¿Y por qué has de creer que esas estupideces son algo malo? Si durante siglos se pudieran cultivar las tonterías de los humanos, cultivarlas igual que la razón, tal vez se podría conseguir algo muy valioso.

—Es verdad —creía que tenía razón. ¿Cómo habría podido no tenerla en estos momentos?

—Y precisamente por la tontería de ayer durante el paseo, te amo todavía mucho más que antes.

—Pero, ¿por qué me has martirizado tanto, por qué no has venido y por qué sí, por qué me has mandado un billete rosa obligándome a vaya saberse que cosa?

—Quizá te quería poner a prueba, tal vez había que tener la certeza de que haces todo cuanto quiero y que me perteneces.

—¡Sí, sí, del todo!

Ella tomó mi cara entre sus manos y la alzó hasta la suya.

—Bueno, ¿y cómo van tus deberes, igual que todos los demás números honestos?

Sus dientes blancos y afilados fulguraban.

Sí, sí, los deberes. Comencé a hojear en mi cabeza las últimas páginas de mi manuscrito: efectivamente, allí nada se dice de mis deberes.

Guardé silencio, la contemplé triunfante. (Y tal vez también intuitivo y descabellado). La miré a los ojos, en los que se reflejaba mi imagen: era más que diminuta, apenas visible, encerrada para siempre en la prisión oscura de su mirada. Luego sentí sus labios suaves y ardientemente dolorosos sobre mí, sentí el dolor dulzón del florecer.

A cada número se le ha incorporado un pequeño metrónomo invisible de leve tic tac; así, sin tener que consultar el reloj podemos determinar el tiempo exactamente con una diferencia menor a cinco minutos. Pero esta tarde se me había parado el metrónomo, no sabía cuánto tiempo había transcurrido, por lo que tuve que sacar de debajo de la almohada la insignia con el reloj, temiendo que fuera demasiado tarde-

¡Gracias al Protector! Aún nos faltan veinte minutos. Los instantes eran irrisoriamente cortos y huían locamente, ¡y aún me quedaba tanto para contarle! Se lo tenía que contar todo: La carta de O. Aquella noche terrible en que con ella fabriqué un niño, mi infancia (no sé por qué), mi profesor de matemáticas Pliapa, la raíz cuadrada de -1, y cómo participé por primera vez en mi vida en el día de la Unanimidad con los otros números, llorando amargamente porque tenía una mancha de tinta en mi uniforme y esto ocurría en un día tan solemne como aquel.

I se incorporó, apoyando la cabeza en su mano.

—Quizá precisamente aquel día yo... —se interrumpió a mitad de la frase y frunció sus cejas morenas. Luego tomó mi mano y la apretó firmemente—. Dime que nunca me olvidarás. ¿Pensarás siempre en mí?

—¿Por qué me lo preguntas? ¿Qué quieres decir, I querida?

No me respondió y su mirada se perdió en la lejanía.

De pronto oí de nuevo cómo el viento azotaba con su pesado aleteo la casa (lo había hecho durante todo este tiempo, pero sólo ahora me daba cuenta), y me asaltó nuevamente el recuerdo de los penetrantes graznidos de los pájaros en el Muro Verde.

I insinuó un gesto con la cabeza, como si quisiera sacudirse algo de encima. Por última vez, y durante un simple segundo, sentí el contacto de todo su cuerpo. Al igual que una aeronave roza el suelo, con todas sus vibraciones, antes de aterrizar definitivamente.

—¡Pronto, dame las medias!

Estaban encima de mi manuscrito (página 193), en el escritorio. Apurado, tropecé con el fajo de páginas y estas quedaron en desorden; no encontraba modo de ordenarlas de nuevo, por más que me esforzara. ¡Bueno, y qué importaba!

—No puedo soportarlo —le dije—. Estás aquí, a mi lado y sin embargo me pareces tan distante como si estuvieras separada de mí por un muro invisible. Oigo ruidos y voces a través de este muro, pero no puedo captar el sentido de las palabras; no sé lo que hay detrás. Pero no lo puedo soportar ni un minuto. Desde que nos conocimos noto que te estás callando algo: no me dijiste jamás cuál era el lugar de la Casa Antigua en el que me perdí, y qué clase de pasillos son aquellos; y por qué el pequeño doctor... ¿O es que todo esto no ha sucedido jamás?

I posó su mano sobre mi hombro y pareció hundirse en mis ojos con su mirada:

—¿Lo quieres saber realmente? ¿Todo?

—¡Sí, quiero saberlo! ¡Debo saberlo!

—¿Y no tienes miedo a seguirme donde te lleve, hasta el final del camino, sea donde sea que te conduzca?

—¡No, no tengo miedo! ¡Te seguiré a cualquier lado!

—Bien, te lo prometo. ¿Te falta mucho para acabar el Integral, estará pronto listo? Casi había olvidado preguntártelo.

—¿Qué significa esa promesa?

Ella ya estaba junto a la puerta:

—Ya lo sabrás.

Nuevamente me había quedado solo. Todo lo que de ella quedaba era un fino aroma, un perfume que me recordaba el polen seco de las flores de aquellas tierras de más allá del Muro Verde. Y otra cosa me dejaba: la angustiosa incógnita que se me clavaba en el cerebro como unos ganchos agudos. ¿Por qué de pronto había hablado del Integral?

24

El límite de la función.
Pascua.
Tacharlo, borrarlo todo.

Soy una máquina obligada a una gran cantidad de revoluciones. Algunas piezas se han quemado, calentado demasiado, y sólo falta un poco para que llegue el punto de fusión y se convierta todo en un lingote goteante; todo se disolverá en la nada. Necesito agua fría, lógica. Así intento enfriar la máquina caliente con cubos de agua fría, pero la lógica se convierte, de puro hirviente, en otra sustancia, en otras piezas demasiado ardientes, y se esfuma convertida en vapor, que no puedo retener con las manos.

Cuando se quiere determinar la importancia real de una función, hay que llegar hasta su valor y resistencia límite; esto es evidente. De modo que mi ridículo "disolverse en el cosmos" del que hablé ayer no es otra cosa, cuando se le quiere captar en una línea, que la muerte.

La muerte es la disolución total del yo en el cosmos. De ello se deduce: si el amor es designado con la letra L, la muerte con T, entonces $L = f(T)$, lo cual significa que el amor es una función de la muerte.

Así es y no de otro modo. Por esta razón le tengo miedo a I, por eso lucho con ella y no me quiero someter.

Pero, ¿por qué entonces están unidos en mi interior ese "no quiero" y el "quiero"? Lo malo es que ansío esta terrible muerte de ayer. Lo terrible resulta que, incluso ahora, después de haber integrado la función de la lógica, cuando ya sé que esta me lleva la muerte, la estoy deseando con todas las fibras de mi existencia y con cada partícula de mi ser.

Mañana es el día de la Unificación, de la Unanimidad como también lo llaman. Ella estará también presente y la veré, claro que únicamente desde lejos, y esta circunstancia me dolerá mucho, siento la necesidad de estar a su lado; me siento atraído irresistiblemente por ella, quiero rozar sus rodillas, sus hombros, sus cabellos. Amo ese dolor, lo necesito.

¡Gran Protector!, qué idea tan absurda la de desear el dolor. Todo el mundo sabe que los dolores son magnitudes negativas y que disminuyen la suma de los factores positivos. De los factores positivos que integran el valor "felicidad"; de ello se deduce que…

Pero nada, absolutamente nada se deduce de ello. Nada más que un vacío, la desolación.

Es de noche.

A través de las transparentes paredes de la casa puedo hundir mi mirada en el ocaso febril. Coloco mi sillón de tal forma que consigo no ver por más tiempo el resplandor triunfante y rojo; comienzo a hojear mi manuscrito.

Al leer compruebo que he olvidado nuevamente que no escribo para mí sino para usted, lector desconocido, al que quiero y compadezco porque en algún lugar lejano y aún primitivo todavía luchan como los hombres de siglos atrás. Ahora le contaré del día de la Unanimidad, el más solemne y magnífico de todos los días.

He amado este día desde mi infancia; creo que es para nosotros algo parecido a lo que será para usted la fiesta del sacrificio y supongo que algo semejante también a las Pascuas de nuestros antepasados. Creo recordar todavía que, de niño, antes de llegar esta fecha me confeccionaba una especie de calendario, en el que iba tachando solemnemente una hora tras otra. Borrar cada una de ellas significaba que tenía que esperar una hora menos. Si supiera que nadie me iba a ver, sería también capaz de hacerlo ahora y me cercioraría a cada instante del tiempo que falta hasta mañana, en que la volveré a ver, aunque sea solamente a distancia.

Acaban de interrumpirme, era el sastre que me traía el nuevo uniforme. Según una antigua costumbre, todos los números reciben uno nuevo para la fiesta.

Mañana presenciaré y viviré un espectáculo que se repite año tras año y que, sin embargo, nos llena de entusiasmo cada vez: la fiesta gigantesca de la Unanimidad, unas manos elevadas solemnemente. Mañana es el día de la elección anual y repetida del Protector. Mañana le entregaremos a Él la llave para la felicidad de un nuevo año.

El día de la Unanimidad nada tiene que ver, naturalmente, con aquellas elecciones desordenadas y desorganizadas de nuestros antepasados, cuyos resultados no se conocían de antemano. Nada hay más descabellado que fundar un Estado sobre la base de una ciega casualidad. Pero tuvieron que transcurrir siglos enteros antes de que la humanidad lo reconociera.

Por esta razón sería una tontería explicarles que en nuestra existencia no hay lugar para las casualidades, ni para unos acontecimientos inesperados. La elección tiene una importancia simbólica. Nos recuerda que formamos un solo y gigantesco organismo, constituido por millones de células y que, resumiendo, para decirlo con las analogías del Evangelio, somos una sola Iglesia. En la Historia del Estado Único jamás ha sucedido que un solo voto se haya atrevido a alterar la majestuosa armonía de este día tan solemne.

Se dice que nuestros antepasados celebraban sus "elecciones" en forma secreta, es decir, que se escondían como ladrones. Algunos historiadores afirman que incluso había enmascarados en las elecciones; me imagino este espectáculo fantástico de la siguiente manera:

Es de noche, hay una plaza espaciosa, unas figuras vestidas de oscuro que se deslizan arrimadas a las paredes, y al viento brillan unas antorchas ardientes. El motivo para tanto misterio no hemos podido adivinarlo hasta hoy de una manera razonable. Probablemente estas elecciones se relacionaban con algunos procesos místicos, supersticiosos e incluso delictivos. Nosotros, en cambio, no ocultamos nada ni nos avergonzamos: celebramos nuestras elecciones a plena luz.

Veo cómo todos votan al Protector y todos los demás pueden mirar cómo doy mi voto al Protector, todos, ellos y yo, constituimos ese gran "nosotros". Nuestros métodos de elección educan al hombre para un criterio honesto y noble, son mucho más sinceros que aquel método misterioso, cobarde e hipócrita de la antigüedad. Supongamos, por ejemplo, que sucediera lo imposible y que un tono falso se introdujera a escondidas en la monotonía.

Los Protectores invisibles, que se hallan diseminados, sentados entre nuestras filas, se darían cuenta y detendrían a los números descarriados; este es el modo de protegerlos de otras nuevas faltas.

Pero, mi mirada se clava en la pared cristalina del cuarto de mi vecino: hay una mujer ante el espejo que se desabrocha apresuradamente el uniforme. A lo largo de un segundo veo un par de ojos, de labios y dos puntos agudos y sonrosados. Luego corren los cortinajes. De pronto vienen a mi memoria los sucesos de ayer y olvido lo que decía en el párrafo anterior.

Ya sólo quiero una cosa, y basta. Lo que acabo de escribir de la fiesta no es más que una tontería. Quisiera borrarlo todo, arrancar la página y destruirla. Ahora sé que, para mí, el día de mañana, la fiesta, no es nada si no la tengo cerca a ella y si su hombro no roza el mío, esa es la pura verdad. Sin I, el sol de mañana no será más que un disco de metal, de hojalata; y el cielo, un trozo de cartón pintado de azul; y yo mismo, vaya uno a saber qué.

Tomo el auricular:

–¿Es usted?

–Sí. ¿Por qué me llama tan tarde?

–Quería, sí, quisiera pedirle, me gustaría que mañana se sentarse a mi lado. La quiero.

Durante largo rato no contesta. Me da la impresión de que hay alguien en la habitación de I, y que se produce una leve conversación; por fin la oigo decir:

–No, no puede ser. No sabe cuánto me gustaría, pero realmente no es posible. ¿Por qué? ¡Mañana lo verá!

No hay nada más que noche impenetrable a mi alrededor.

25
Aterrizando del cielo. La mayor catástrofe de la historia.

Todo es una interrogación.

Antes de las elecciones, cuando todo el mundo se incorporó y los solemnes acordes del himno se desbordaron como un oleaje impresionante, olvidé por un segundo lo que había dicho con respecto a ese día de fiesta y que tanto me había intranquilizado. Creo que hasta olvidé a I. Volvía a ser aquel chico que un día había llorado amargamente al descubrir en el uniforme una mancha minúscula, que solamente era visible para mí.

A pesar de que nadie de los que me rodeaban veía las manchas negras que tenía ahora, sabía, sin embargo, mejor que nadie que, como un criminal, nada tenía que hacer entre estas personas honestas. De buena gana me habría levantado de un salto y hubiera gritado violentamente toda la verdad acerca de mi vida. "Aunque fuera mi fin –pensé–, ¿qué me importa? ¡Si, aunque sólo fuera por un segundo, me pudiera sentir puro e inocente, tan limpio de ideas como este cielo azul!".

Todos los ojos miraban hacia el cielo; en el azul matutino vibraba un punto apenas perceptible, tan pronto de color oscuro como brillando al sol. Era Él, que descendía desde el cielo hacia nosotros. Un nuevo Dios, en la aeronave, sabio, bondadoso y severo como el de la antigüedad. Cada minuto se acercaba más, y cada vez había más alegría en los corazones, que latían con amor. Eran millones los que se le brindaban. Ahora probablemente ya podía distinguirnos.

Y simbólicamente lo acompañaba, mirando sobre las multitudes congregadas, las líneas punteadas de las tribunas concéntricamente dispuestas, que con sus círculos parecían una telaraña monstruosamente grande. En el centro de cada telaraña se posaría en seguida una araña blanca y sabia, el Protector, con su uniforme blanco, el Protector que nos ha atado de pies y de manos con toda su sabiduría, utilizando los hilos irrompibles y resistentes de la felicidad.

El aterrizaje solemne había concluido. El himno atronador no se escuchó más y todos volvieron a sentarse. Me di cuenta de que esto era, en realidad, una telaraña fina como un velo tenso hasta el límite y que posiblemente durante el próximo momento se rompería, para después ocasionar algo increíble, extraordinario.

Me enderecé un poco y miré a mi alrededor. Me miraban y fui examinando de manera cariñosa y preocupada. Entonces alguien levantó la mano y dio una señal. Le contestó otra señal de respuesta. Y otra vez. También estaban ellos, los Protectores. Algo les inquietaba: la red, la telaraña estaba tan tirante, que todo vibraba y temblaba.

En el estrado, uno de los poetas leía el discurso de apertura, pero no capté ni una sola palabra: oía tan sólo el ritmo uniforme de los hexámetros, que me recordaban el tic tac de un reloj. A cada impulso del péndulo se acercaba un segundo determinado de antemano. Como bajo los efectos de la fiebre, mis ojos se perdieron por encima de las filas, pero aquel rostro tan ansiadamente buscado no estaba en ninguna parte. Tenía que encontrarlo rápidamente; ¡debía encontrarlo!, pronto comenzaría a sonar la hora, y entonces...

Él (sí, allí estaba), con sus orejas sonrosadas. Muchas orejas sonrosadas y un lazo en forma de S pasaron al vuelo por delante del estrado. Y él pasaba con paso ligero por los pasillos, entre las tribunas.

Había una misteriosa combinación y relación entre los dos (lo sospechaba desde hacía mucho tiempo, pero hasta el momento no sabía cuál era la clase de vínculo que los unía. Supongo que algún día me enteraré). La seguí con la mirada. De pronto se detuvo. Era como una descarga eléctrica la que me sacudió, me exprimió y comprimió, hasta dejarme convertido en un haz miserable y encogido.

S se hallaba en nuestra propia fila, a unos 40 grados de distancia, y se inclinaba sobre alguien. Vi a I y a su lado al sonriente R-13, con sus repugnantes labios oscuros.

Mi primer impulso fue abalanzarme sobre él y gritarle: "¿por qué está hoy con ella? ¿Por qué no quería que estuviera yo?". Pero una araña invisible me ataba de pies y manos. Rechinando los dientes, me quedé sentado sin apartar la vista de ellos. Experimenté un fuerte dolor físico en el corazón, tal como lo siento ahora.

Este era mi propio yo. Sé todavía que seguí pensando: "si unas causas no físicas pueden provocar un dolor físico, entonces es evidente que…".

Desgraciadamente no pensé esto sino hasta el final, o si acaso tan oscuramente, que me acuerdo que se me ocurrió recordar la tonta frase de nuestros antepasados: "se me rompe el alma". Quedé petrificado: los hexámetros habían terminado. Ahora, sí, ahora sucedería.

Siguió una pausa de cinco minutos. Pero este silencio no se llenó con una oración solemne, como en otros tiempos, sino con algo agobiante: con aquellas fechas remotas en que todavía no se disponía de las torres acumuladoras, y de vez en cuando el cielo encapotado amenazaba tormenta. No existía ese aire actual de metal transparente, totalmente domado, que invita a ser respirado a pleno pulmón.

Mi oído, tenso hasta el máximo, registró de alguna parte una conversación nerviosa, sostenida en voz baja, tan baja como un susurro. No hacía más ruido que el roer de un ratón. Con los párpados entornados, estuve atisbando durante todo el tiempo en dirección a I y R, y encima de mis rodillas temblaban intensamente mis manos peludas. Estas no eran mías y las odiaba de todo corazón. Transcurrieron un minuto, dos, tres, tal vez cinco. Encima del estrado sonó una voz metálica, clara y pausada:

—Quien vote a favor, que alce la mano.

Pensé "¡ojalá le pudiera mirar a los ojos, como antes, con la mayor sinceridad y devoción!". Levanté la mano como si tuviera oxidadas las articulaciones.

Se alzaron millones de manos. Sentí claramente que ahora comenzaba algo que derrumbaba con violencia una cosa en mi interior, pero no podía determinar todavía de lo que se trataba, me faltaba la energía para levantar la vista.

—¿Quién está en contra?

Siempre había sido este el instante más solemne del día. Todos permanecían sentados e inmóviles y se sometían alegres y conformes al yugo benévolo de este Número de los números. Pero esta vez volví a oír un ruido, y el terror se apoderó de mí; era más leve que el susurro del viento y sin embargo más fuerte que los atronadores sones del himno. Sonaba como el último suspiro de un moribundo y todas las caras de alrededor palidecieron y a todas les brotó un sudor frío en la frente.

Levanté la vista, solamente por una millonésima parte de segundo, y millares de brazos se alzaron "¡en contra!" y volvieron a caer. Vi el rostro pálido de I, señalado como por una cruz. La vista se me nubló.

¡Silencio, mientras mi corazón galopaba! Luego, como si un dirigente enloquecido hubiera dado la señal para el comienzo, hubo un gran revuelo en todas las tribunas. Gritos violentos, uniformes agitados como por un torbellino, protectores que corrían de aquí para allá, indefensos, desconcertados, tacones de botas en el aire, dando vueltas, muy cerca de mi rostro, y al lado de los tacones una boca abierta de par en par, a punto de gritar, pero que seguía abierta en silencio. Alrededor, millares de bocas vociferantes como en una pantalla lejana.

Por unos segundos vi los labios casi blancos de I acurrucándose al amparo de la pared del estrecho pasillo y protegiéndose con ambas manos el vientre. Y en un abrir y cerrar de ojos desapareció como arrastrada por una avalancha de agua. O tal vez la olvidé porque…

Todo esto ya no ocurría en una pantalla, sino dentro de mi propio ser. De pronto, a mi izquierda se levantó R-13, enderezándose e hinchado el rostro, subido sobre un banco. Y en sus brazos I, pálida como la muerte, rasgado el uniforme desde el hombro hasta el pecho. En su blanca piel brillaba la sangre. Se agarraba fuertemente a su cuello y él la llevaba; ¡él, un gorila, saltando ágilmente de un banco a otro, para sacarla del tumulto!

No sé de dónde saqué las fuerzas necesarias, pero me precipité en medio de la turba, salté por encima de hombres y de bancos y pronto los alcancé. Entonces agarré a R por el cuello.

—¡Suéltela, suéltela, en seguida! —chillé. (Afortunadamente nadie me oía, porque todo el mundo gritaba, todos corrían).

R se volvió; pensaba seguramente que los Protectores lo seguían.

—¡No lo tolero, no lo quiero! ¡Quítele las manos de encima!

R chasqueó fastidiado sus labios gruesos, meneó negativamente la cabeza y siguió corriendo. Y entonces (me resulta terriblemente penoso tener que escribirlo, pero creo que no lo puedo silenciar, no lo puedo callar, para que así pueda estudiarse la historia de mi enfermedad hasta el más pequeño detalle), estiré el brazo y lo derribé de un golpe. Aún lo recuerdo con absoluta claridad.

—¡Váyase! —le gritó ella a R—. ¿No ve que es él? ¡Váyase, R, rápido!

R enseñó los dientes, como si fuese una bestia feroz, pronunció una palabra incoherente y se perdió entre la multitud.

Tomé a I en mis brazos, la estreché contra mi pecho y me la llevé al corazón que palpitaba locamente. En mi interior oía gritar la voz de la libertad. ¡Qué me importaba que allá abajo todo se derrumbara y que solamente quedaran jirones del pasado! Nada me importaba. No quería otra cosa, no deseaba más que llevarla, llevarla, sí, llevármela.

Noche. 22 horas.

Los sucesos desconcertantes de esta mañana me han agotado tanto, que apenas tengo fuerzas para seguir escribiendo. ¿Es que los muros de protección del Estado Único se han derrumbado realmente? ¿Estamos de nuevo sin techo y en salvaje libertad como nuestros tatarabuelos? ¿Ya no existen realmente unos Protectores? ¿En contra, el día de la Unanimidad, "en contra"? Me avergüenzo de estos números, me avergüenzo por ellos. ¿Quiénes eran ellos realmente? ¿Y quién soy yo... ellos o nosotros?

Había llevado a I hasta la fila superior de la tribuna. Allí se quedó sentada, al sol, encima de un banco de cristal. El hombro derecho y el comienzo de la curva bellísima, inimaginable, habían quedado al desnudo y vi sangre. Por lo visto, no se había dado cuenta de que su pecho quedaba en parte al descubierto, de que también sangraba. No, lo veía, lo sabía bien, sabía que así tenía que ser, y si su uniforme hubiera estado cerrado, se lo habría arrancado ella misma.

–¡Mañana –dijo respirando dificultosamente, pero muy ansiosa–, mañana sucederá!, pero lo que sucederá nadie lo sabe. ¿Me oye?, nadie lo sabe, ni yo ni nadie. Toda seguridad ha dejado de existir. ¡Ahora pasará algo nuevo, algo increíble!

Abajo seguía reinando el violento caos de antes. Pero todo quedaba tan distante, que ni siquiera lo oía, ella me miraba y parecía absorberse a través de sus dorados ojos.

De pronto se me ocurrió que cierta vez, a través del Muro Verde, había visto unos ojos así, misteriosamente amarillentos; los ojos de un ser extraño.

—Escucha: si mañana no sucede nada extraordinario, ¡te llevaré allí! Allí donde ya sabes.

Pero yo no lo sabía, de todas formas afirmé en silencio, con la cabeza. Me había disuelto en la nada, me sentía infinitamente pequeño, un simple punto geométrico. Pero esa sensación tenía una cierta lógica el día de hoy, ya que el punto es una magnitud absolutamente desconocida. Solamente ha de moverse, prolongarse paulatinamente, para cambiarse o transformarse en miles de curvas distintas, en centenares de cuerpos.

Tengo miedo de moverme, si lo hago ¿en qué me convertiré? Me parece que a todos les sucede lo mismo: tienen miedo de hacer el menor movimiento. Ahora, al escribir estas líneas, todos están sentados en sus jaulas cristalinas; ni una risa, ni una pisada por los pasillos, como solían producirse otros días a esta misma hora. De vez en cuando llegan números, que pasan por delante de mi puerta; andan en puntas de pie se vuelven a mirar como ladrones, con miedo de ser descubiertos y murmuran entre sí: "¿qué será de mí mañana? ¿En qué me convertiré?".

26
El mundo existe.
Erupción 41°.

Es la mañana. A través del techo del cuarto se asoma el cielo, firme como siempre, circular y de mejillas rojas. Creo que me maravillaría, si en lugar de este fenómeno normal viera ahora un sol cuadrangular, personas con vestidos policromos de lana animal y unas paredes de piedra no transparentes. Pero no, todo sigue existiendo, nuestro mundo existe: ¡nuestro mundo! Pero a lo mejor se trata tan sólo de la pereza de la materia. Que el generador se haya parado y los engranajes giren, una, dos, tres vueltas todavía, para detenerse definitivamente después del sexto o séptimo giro, hasta la inercia.

¿Conoce usted, hipotético lector, esta rara sensación?: uno se despierta en plena noche, abre los ojos y mira la oscuridad creyendo que se ha perdido. La mano tantea rápidamente por la penumbra, busca algo familiar, algo firme: el muro, la lámpara, la silla. Así estuve buscando en el Periódico Estatal cierta noticia. Y la encontré:

"Ayer se celebró la fiesta tan impacientemente anhelada por todos los números, la fiesta de la Unanimidad. El Protector, que tantas veces ha probado su infalibilidad y sabiduría, volvió a ser elegido unánimemente por cuadragésima octava vez. Algunos enemigos de la felicidad trataron de alterar la ceremonia. Por su conducta hostil al Estado, han perdido el derecho de ser piedras estructurales de los fundamentos, ayer reafirmados, del Estado Único. Resulta descabellado atribuir a sus votos la menor importancia, como sería igualmente ingenuo creer que una tos en una sala de conciertos pudiera formar parte de una bella sinfonía. Cada uno de nosotros lo sabe".

¿Es verdad que estamos salvados, a pesar de todo lo que ha sucedido? Y, efectivamente, ¿qué se podría replicar a esta razón clara y brillante como un diamante?

Luego siguieron todavía tres líneas:

"Hoy a las 12 horas se reunirá en Consejo la Administración Estatal conjuntamente con el Departamento de Salud Pública y los Protectores para celebrar una sesión extraordinaria, en la que se acordará un importante acto estatal".

Aún se mantenían firmes los muros estatales. Los sentía dentro de mí. La extraña sensación de estar perdido había desaparecido de pronto y ya no me parecía raro que el cielo fuera azul y que en el centro hubiera un sol redondo. Todos acudían como siempre al trabajo.

Con paso firme atravesé rápidamente el Prospekt. Llegué hasta el cruce y doblé por una calle de segundo orden. "Qué extraño –pensé–: la gente da un rodeo alrededor de la casa de la esquina, como si allí se hubiera roto una cañería, o como si saliese un chorro de agua fría disparado hacia la calle".

Aún faltaban unos diez, luego cinco pasos, y de pronto me sentí como alcanzado también por el frío chorro. Me tambaleé y di un salto de la calle a la vereda: a unos dos metros encima de mi cabeza aparecía, pegado al muro, un cartel que exhibía, con caracteres verdes, la incomprensible palabra "MEPHI".

Delante del pasquín se estiraba cierta espalda, unas orejas transparentes que temblaban furiosas. Con el brazo derecho en alto, y estirando el izquierdo con un gesto de impotencia hacia atrás, como si fuera una ala rota, saltaba al aire para arrancar el pasquín, pero no era capaz de alcanzarlo.

Seguramente, cada uno de los peatones que pasaban estaría pensando: "si voy a ayudarlo y le doy una mano, creerá que me siento culpable y que lo hago por eso". Confieso que tuve la misma idea. Pero recordé las muchas veces que él me había salvado, y me acerqué, extendí el brazo y arranqué el pasquín.

Se volvió, y sus ojos se clavaron en mi cara, hasta llegar a lo más profundo de mi ser, donde parecieron buscar algo y encontrarlo.

Luego hizo una ligera insinuación con un movimiento de la ceja izquierda, refiriéndose al muro donde había estado pegado el pasquín con la misteriosa palabra "MEPHI", y sonrió para mi asombro.

Pero ¿por qué me maravillaba esta circunstancia? El aumento temerariamente lento del tiempo de incubación de una enfermedad es siempre más desagradable al médico que una erupción y una temperatura de 40°, en este último caso ya ve más o menos pronto de que enfermedad se trata. La palabra "MEPHI", que hoy aparecía en todos los muros, era como una erupción. Comprendí perfectamente la sonrisa de S.

En el subterráneo y en todas partes esa misma y terrible erupción: en las paredes, en los bancos y los espejos, por todos lados aparecían pegadas estas notas con la inscripción "MEPHI". Los números permanecían callados en sus asientos. En el silencio podían oírse los ruidos de las ruedas tan claramente, que parecían el murmullo de la sangre inflamada. Uno dio un codazo a su vecino y este se encogió tanto del susto que se le cayó un fajo de papeles que llevaba en la mano. El número de mi izquierda leía un periódico, pero siempre la misma línea. Por todas partes, en las ruedas, en las manos, en los periódicos, hasta en las pestañas, pulsaba la sangre, más cálida y rápida que nunca, y si hoy estuviera allí, con I, tal vez el termómetro ascendería a 39°, 40°, hasta 41°.

En las gradas reinaba un silencio amenazador, apenas interrumpido por el lejano zumbido de alguna hélice invisible.

Las máquinas se erguían sombrías y silenciosas. Solamente las grúas accionaban sin ruido, moviéndose como si anduvieran en puntas de pie. Bajaban sus testas, alcanzaban con sus garras unos bloques azules de aire congelado, cargándolo en las cisternas del Integral. Estábamos realizando los preparativos para un vuelo de ensayo.

–¿Acabaremos en una semana? –pregunté al Segundo Constructor.

Tenía la cara como un plato de porcelana en el que se han pintado los ojos y los labios como unas florcitas pálidas, como si el agua hubiera gastado un color.

Estuvimos calculándolo. De pronto me callé y abrí de puro horror la boca de par en par. Arriba del todo, debajo de la cúpula, encima del bulto azulado entre las garras de la grúa, relucía un cuadrado blanco y diminuto, un pasquín. Comencé a temblar, probablemente de risa. Sí, me oí reír. ¿Sabe usted, lector, qué sensación se siente, cuando uno oye su propia risa?

–Imagínese –dije al Segundo Constructor–. Imagínese estar sentado en un avión anticuado, cuyo altímetro marca 5000, mientras una de las alas está rota. Se va precipitando como una piedra al vacío y entretanto va pensando y calculando: "Mañana de 12 a 2 haré tal cosa, de 2 a 6 tal otra y a las 6 la cena". Ridículo, ¿verdad? Verá, así de ridículo y descabellado es todo nuestro cálculo de ahora.

Las florcitas azules se abrieron enormemente. Si yo fuera vidrio, seguramente habría podido ver que yo, en el plazo de 2, 3, o tal vez 4 horas, estaría… ¿Qué diría entonces este compañero mío?

27
No hay un resumen o síntesis, ¡no puedo!

Estoy solo en medio de todos estos pasillos subterráneos que parecen no tener fin. Encima de mi cabeza, un cielo de cemento armado. En algún lugar gotea agua de las piedras. Ahí está la puerta transparente y pesada y, detrás, aquel ruido. Ha dicho que me vería a las 16 horas. Pero ya pasaron cinco, y diez, y quince minutos, y no llegó. Voy a esperar otros cinco minutos.

De algún lugar cae agua de las piedras. Triste pero feliz, pienso: "¡Salvado!". Doy lentamente media vuelta y vuelvo a caminar a través del pasillo. La oscuridad crece.

Se abre violentamente una puerta a mi espalda, y unos pasos rápidos se acercan. Ella está de pronto frente a mí, un poco jadeante por haber corrido.

—¡Sabía que vendrías!

¿Cómo describir lo que siento cuando sus labios rozan los míos? ¿Con qué fórmula puedo expresar el tormento y el torbellino de mi alma, cómo barre todo lo que en mi vida se contiene, absolutamente todo, a excepción de su existencia?

Ella alzó sus ojos y dijo con voz suave:

—Basta, luego hablamos. Tenemos que irnos.

Abrió una puerta. Había unos escalones gastados por el paso de los años. Hubo un ruido ensordecedor, silbidos, luces…

Desde entonces han pasado ya veinticuatro horas. Ya me he tranquilizado algo, pero aún me cuesta un gran esfuerzo poder contar mis aventuras de manera precisa. En mi cabeza parece como si hubiera explotado una bomba, un terrible caos.

Recuerdo que mi primera idea fue volver rápidamente. Sabía que mientras iba andando por los pasillos subterráneos, los habitantes de un desconocido país estaban derrumbando el Muro Verde y asaltaban la ciudad que con tan gran esfuerzo se había saneado y limpiado del mundo primitivo. Algo similar le debo haber dicho a I, ya que ella sonreía:

—Pero ¡qué va!, lo único que sucede es que estamos en el otro lado.

Entonces abrí los ojos y contemplé un reino que hasta entonces solamente había visto a través del cristal esmerilado del Muro Verde.

Brillaba el sol pero no era aquella superficie uniforme, repartida armoniosamente por todo el brillante plano de la calle; eran unas manchas oscilantes que cegaban los ojos y me causaban mareo. Vi unos árboles rectos como palos y muy altos, unos surtidores silenciosos y verdes con ramas nudosas. Todo se movía, susurraba y murmuraba.

A pocos metros de distancia saltó un ser peludo y redondo como una pelota que huyó velozmente. Me quedé como clavado en el suelo, no creía tener fuerzas para seguir adelante, bajo mis pies no había una superficie lisa y uniforme, sino algo repugnantemente blando, vivo y verde.

Estaba atontado y creía ahogarme sí, ahogarme; esta es la única palabra verdaderamente adecuada. Seguí allí inmóvil, agarrándome con ambas manos a una rama oscilante.

—¡No tengas miedo! Esto es solamente al principio, pero pasa. Es imprescindible tener valor —dijo I.

Encima de aquella red palpitante, que se movía locamente, descubrí al lado de I un agudo perfil, como recortado en papel: el doctor. Le reconocí inmediatamente. Los dos me tomaron de la mano y me arrastraron, sonriendo divertidos. Fui dando tropiezos y resbalones a cada instante. Alrededor de nosotros,

oía gritos, veía musgo blando, montones de tierra, oía graznidos de águilas, ramajes, árboles, alas, hojas, silbidos agudos.
Pronto, el bosque tuvo mayor claridad y distinguí una gran
pradera y muchas personas o, mejor dicho, muchos seres vivos.

Ahora llego precisamente al punto que resulta más difícil de
contar. Lo que tuve que contemplar en aquel claro del bosque
traspasaba los límites de todo lo verosímil e imaginable. Fui
consciente de porqué I había guardado siempre un silencio tan
terco e impenetrable, ya que jamás le habría creído; no, ni siquiera a ella le habría creído. También es posible que ni me crea
a mí mismo mañana, al releer estas anotaciones.

Alrededor de una roca desnuda, en medio de la pradera,
se apiñaba la gente, tal vez unos tres o cuatro mil seres. Bien,
llamémoslos humanos, seguramente no se puede denominar
de otra manera a estas criaturas. Al principio distinguí tan sólo
nuestros uniformes gris azulados entre la turba, pero al instante descubrí otros de piel negra, roja, morena, gris, blanca. Sí,
de todos modos sólo podía tratarse de hombres.

Todos carecían de ropa adecuada y llevaban una breve piel
como la del caballo prehistórico de nuestro museo. Pero las
hembras tenían el mismo rostro que nuestras mujeres, y sus se-
nos, grandes, firmes y de forma hermosa y geométrica, no eran
peludos; en los hombres sólo parte de sus facciones estaban
exentas de pelo, como en nuestros antepasados.

Esta visión me pareció tan asombrosa que me quedé clavado
en el suelo, sin poder apartar la mirada de lo que veía.

De pronto me encontré sólo: I ya no estaba a mi lado. No
podía explicarme adónde había ido a parar, ni cómo había desaparecido. A mi alrededor quedaban solamente estas criaturas
cuyas pieles relucían. Tomé a una de ellas por el hombro cálido
y moreno.

—Oiga, por lo que más quiera, por el Gran Protector, ¿ha
visto tal vez adónde se ha marchado? Hace un instante estaba
aquí todavía.

Me obsequió con una mirada pero sombría:

—Cállese... —y señaló hacia la roca, en medio del claro del bosque.

Allá arriba estaba ella, encima de las cabezas de los presentes. El sol me caía en línea recta sobre los ojos, de modo que solamente pude verla como una simple silueta negra y angulosa, destacada contra el azul del cielo como si se tratara de una pantalla. Unas nubes bajas flotaban en la atmósfera y tuve la impresión de que no flotaban, sino que lo hacía la roca y encima también ella, la multitud y todo el claro del bosque, como si todo se moviera silenciosamente como una nave encima de las olas. La tierra parecía inverosímilmente ligera, tan ligera que se me escapaba bajo los pies.

—¡Hermanos!... —dijo I–. ¡Hermanos, todos saben que en la ciudad, detrás del Muro Verde, están construyendo el Integral! Saben que se acerca el día en que destruiremos aquel muro, todos los muros, para que la brisa verde alcance toda la Tierra. Pero el Integral quiere llevar, en cambio, estos muros allá arriba, a otros mundos, que nos saludan brillando en medio de la noche.

Alrededor de la roca todo hervía, aullaba y vociferaba.

—¡Abajo el Integral! ¡Abajo!

—No, hermanos, el Integral debe ser nuestro. El día en que se dirija por primera vez hacia las alturas, nosotros estaremos a bordo. Es que el constructor del Integral es uno de los nuestros. Ha dado la espalda a los muros y ha venido conmigo para quedarse entre nosotros. ¡Viva el constructor del Integral!

Sin saber cómo me encontré también arriba, muy alto, y según me pareció desde la altura inconcebible, a mis pies había muchas cabezas, bocas vociferantes, brazos alzados hacia el cielo. Era una sensación extraña y embriagadora: estaba encima de todos los demás, era un ser único, todo un mundo y había dejado de ser un simple número.

Fatigado y feliz al mismo tiempo, como después de un abrazo, salté de la roca. Sol, voces desde arriba y la sonrisa de I. Una mujer que olía a hierbas aromáticas y tenía una rubia cabellera y un cuerpo brillante como el satén vino a mi encuentro; en sus manos traía una fuente de cera; la llevó a sus propios labios y luego me la ofreció. Bebí con los ojos cerrados para apagar en mi interior el incendio; bebí algo dulce, unas chispas frías.

Entonces, mi sangre empezó a hervir, y todo el mundo dio vueltas rápidas ante mis ojos, y la tierra ligera como una pluma pareció volar. Todo perdía el peso de la gravedad, adquiriendo sencillez y simplicidad. Todo era claro y fácilmente comprensible.

De pronto descubrí en la gran roca las monstruosas letras "MEPHI". Luego vi un dibujo que, según creo, también estaba esculpido en la gran piedra: un joven alado con el cuerpo transparente que en lugar de corazón tenía un ascua ardiendo.

Comprendí lo que representaba el ascua; no, lo intuí, del mismo modo que cada una de las palabras de I (volvía a estar en lo alto de la roca y hablaba nuevamente), lo intuí sin escuchar siquiera. Experimenté sin equivocarme que todos respiraban al mismo compás, que todos volaban hacia cierto lugar, como en otro tiempo los pájaros encima del Muro Verde.

En la palpitante jungla de aquellos cuerpos, se alzó una voz potente:

—¡Pero esto no es más que una gran locura!

Creo que yo, sí, estoy completamente seguro de que era yo, salté sobre la roca y grité:

—¡Sí, es una locura! Todos perderán la razón, todos, y cuanto antes mejor. Así será. ¡Yo lo digo!

I permanecía sonriente a mi lado. En mi interior ardía también un ascua. De lo que sucedió después quedaron en mi memoria solamente unos fragmentos.

Un pájaro voló lentamente ante mis ojos. Vi que estaba vivo igual que yo: volviendo la cabeza hacia la izquierda y luego a la derecha, me miró fijamente con sus ojos negros y redondos. Vi una espalda reluciente, que tenía una piel lisa de color marfil.

Un insecto oscuro, con unas alas diminutas y transparentes caminaba por esta espalda. La espalda se encogió para deshacerse del insecto, se encogió por segunda vez...

Luego unas rejas entrelazadas, verdes: hojas. A su sombra se había echado la gente masticando algo que me recordaba la legendaria alimentación de nuestros antepasados, una fruta alargada, amarilla y algo de aspecto oscuro. Una de las mujeres me tendió un trozo, lo que me divirtió, ni siquiera sabía si aquello era comestible. Luego vi una nueva multitud de personas: cabezas, piernas, brazos, bocas.

Por un segundo reconocí con absoluta claridad los rostros, pero en el instante siguiente habían desaparecido, estallando como pompas de jabón. Unas orejas sonrosadas y transparentes se deslizaron junto a mí.

¿O tal vez no eran más que figuraciones mías? Tiré a I de la manga, muy débilmente. Ella se volvió:

–¿Qué pasa?

–Él está aquí.

–¿Quién?

–Acabo de verlo. Estaba aquí, ahora mismo, en medio de la gente.

Las cejas negras y estilizadas se enarcaron. I sonreía. No pude comprender por qué lo hacía.

–¿Es que no comprendes lo que significa si él o alguno de los suyos está aquí? –susurré excitado.

–¿Cómo se te ocurre pensar tal cosa? Ninguno de ellos pensaría en buscarnos aquí. Piensa, ¿habrías podido imaginar que estamos aquí y que todo esto es posible? Tal vez en la ciudad nos puedan detener, pero aquí no. ¡Estás soñando!

I sonrió de nuevo (también yo me puse a reír). La tierra flotaba bajo mis pies, ebria, alegre y ligera.

28
I y U.
Virtud y energía.
Una parte del cuerpo invisible.

Querido lector: si su mundo se parece al de nuestros lejanos antepasados, entonces intente imaginarse que en algún lugar extraño del océano, tal vez en el sexto o séptimo continente, en alguna Atlántida, descubre una extraña agrupación humana, hombres que flotan por los aires sin ayuda de alas y sin aeronaves, piedras que son alzadas por la energía de la mirada.

Ni siquiera la más exuberante fantasía podría imaginar semejantes cosas. Una sorpresa parecida a la que usted tendría es la que llegué a sentir ayer, desde nuestra Guerra de los Doscientos Años nadie de nosotros había traspasado el Muro, tal como ya he dicho varias veces.

Sé que es mi deber contar minuciosamente lo que descubrí en aquel mundo extraño que se me abrió ayer de par en par. Pero hoy, en cambio no soy capaz de volver sobre el asunto. Nuevas cosas, cada día mayores novedades, me abruman; una verdadera oleada de sucesos me agobia y no puedo retener de todos ellos.

Primero oí un susurro delante de mi puerta y reconocí la voz de I, y luego escuché otra, la de U. Se abrió la puerta de golpe y ambas se precipitaron al mismo tiempo a mi cuarto.

I apoyó su mano en el respaldo de mi sillón, contemplando a U con una sonrisa maliciosa.

—Escuche —me dijo—, esta mujer pretende, por lo visto, protegerlo de mí. Lo trata como si fuese un niño.

A estas palabras, U replicó:

—¡Es como un niño, desde luego! Por eso no se da cuenta de lo que usted pretende de él. Me siento obligada a prevenirlo.

Me levanté de golpe y agité mis puños gritándole a U:

—¡Fuera, salga inmediatamente, fuera!

Abrió la boca, quiso decir algo, pero no fue capaz de articular ni una sola palabra, tragando saliva, se marchó silenciosa.

Me precipité hacia I.

—No se lo perdonaré jamás, ¡jamás! Se ha atrevido a ofenderte. No podía imaginarme que llegara a ese extremo. Lo ha hecho solamente porque quiere estar conmigo, pero yo…

—Ya no tendrá tiempo para hacerlo. Aunque existieran millares de mujeres como ella. Sé que no crees en esos millares de mujeres, sino solamente en mí. Después de lo sucedido ayer, soy totalmente tuya, tal como has querido. Me he entregado en tus manos, y en cualquier instante en que se te pueda antojar, serás capaz de…

—¿Qué es lo que puedo hacer en cualquier instante en que se me antoje?

De pronto comprendí lo que quería insinuar. La sangre se me subió a la cara, mientras grité:

—No digas una sola palabra más sobre eso. ¡Sabes que mi antiguo yo no existe!

—¡Oh! El hombre es como una novela, mientras no se haya leído la última página, no se conoce su final. Si no fuera así, no merecería la pena leerla.

Acaricié los cabellos de I. No podía ver su rostro, pero me di cuenta por su voz de que miraba lejos, que con la mirada seguía a una nube que despacio, muy despacio y silenciosamente, se deslizaba por el horizonte, sin que supiera adónde iría a parar.

Después de un rato me apartó con un gesto cariñoso.

—He venido para decirte algo: ¿sabes que a partir de esta noche se realizan unos profundos cambios en todos los auditorios?

—Sí, antes pasé por delante y vi en el interior unas mesas largas y unos médicos con batas blancas.

–No lo sé, nadie lo sabe hasta ahora y es precisamente lo peor. Pero tal vez lleguen tarde.

Hace tiempo que ya no sé distinguir quién es ella y quiénes somos nosotros, de modo que no podía decir lo que prefería: que fuera demasiado tarde o que llegaran tarde. De una sola cosa estaba seguro. Y era que I se encontraba ahora más cerca que nunca del borde de un abismo.

–Pero si todo eso es una locura –dije–. Ustedes contra el Estado Único. Es lo mismo que si se pusiera la palma de la mano contra el orificio del cañón de un fusil para detener la bala. No es menor la locura que tienen.

–Todos perderán la razón, cuanto antes mejor. Aún no hace mucho que alguien lo dijo. ¿Te acuerdas?

Sí, eso constaba en mis notas. De modo que todo había sucedido realmente. La miré guardando silencio; en su rostro se destacaba hoy una especial claridad.

–I, querida mía, no te expongas, por favor, antes de que sea demasiado tarde. Si quieres, renunciaré a todo, lo olvidaré todo y me iré contigo al país del otro lado del Muro Verde, iré contigo allí, con aquellos… no sé quiénes son.

Ella movió la cabeza negativamente. Así fue como me di cuenta de que, efectivamente, era demasiado tarde. Se incorporó y se quiso ir. La tomé de la mano:

–¡No, quédate un poquito más, por el Gran Protector!

Ella alzó lentamente mi mano hasta la luz, mi mano peluda que tanto odiaba. Se la quería negar, retirarla, pero la tomó con mayor fuerza.

–Tu mano. Pero no lo sabes, sólo muy pocos lo saben, que las mujeres de aquí, de nuestra ciudad, amaban a aquellos hombres. También en tu interior circula, por lo visto, alguna gota de esa sangre de sol y de bosque.

Una pausa. Qué extraño, este vacío, esta nada; mi corazón latía tan violentamente que casi estaba a punto de estallar. Grité:

–No, no te dejaré ir hasta que me hayas contado algo de ellos y me aclares por qué los quieres. Ni siquiera sé quiénes son ni de dónde vienen. ¿Son la mitad que perdimos, H2 y O? Pero si H2 y O han de unirse, entonces los arroyos, los mares, las cataratas, las olas y los torbellinos han de unirse también.

Todavía recuerdo cada uno de sus gestos. Alcanzó el triángulo cristalino de encima de la mesa y lo estuvo apretando contra su rostro, mientras hablaba. En su mejilla quedó una huella blanca, que primero enrojeció y luego fue desapareciendo. Pero no me es posible recordar sus palabras, sino algunas imágenes y el colorido de su conversación. Creo que me contó algo de la Guerra de los Doscientos Años.

Dijo que al principio había unas manchas rojas en la hierba verde; encima de la tierra oscura, también en la nieve blanco azulada, unos charcos rojos que no quisieron secarse. Luego la hierba quemada por el sol y unos hombres desnudos, desgreñados, y unos perros peludos, amarillos, y finalmente unos cadáveres hinchados, tal vez de algunos de esos perros; quizá se trataba de personas, no recuerdo. Todo esto ocurría al otro lado del Muro Verde, la ciudad ya había vencido y en ella existía, ya entonces, nuestra alimentación sintética.

Escuché el murmullo de los pliegues graves, de unos cortinajes pesados y negros que llegaban desde el cielo hasta la tierra. Unas columnas de humo ascendían desde los bosques y también de los poblados incendiados que ardían. Un ruido ensordecedor: legiones infinitas de personas, de hombres, fueron llevados por la fuerza a la ciudad, para ser salvados contra su voluntad y aprender a ser felices.

–¿Todo esto lo sabías? –me preguntó.

–Sí, casi todo.

–Pero no sabías que un pequeño grupo de ellos quedó, sin embargo, escondido y siguió viviendo del otro lado del Muro Verde. Desnudos huyeron a los bosques. Luego, aprendieron a vivir con los árboles, los animales, los pájaros, las flores y el sol. Pasó el tiempo, sus cuerpos se cubrieron de pelo, pero debajo de su piel conservaron la sangre roja y ardiente. Ustedes son mucho peores que ellos, pues están rodeados e impregnados de cifras y corren por sus mentes las cifras a millares, son como piojos. Deben huir desnudos a los bosques. Tienen que aprender a temblar de alegría, de miedo, de odio, de furia y también de frío, deberían adorar el fuego. Y nosotros, los mephi, nosotros queremos...

—¿Mephi, qué es eso?

—Mephi es un hombre antiquísimo. Allí encima de la roca está pintado un mozo, ¿verdad que te acuerdas? Pero será mejor que te lo explique en tu propio lenguaje, para que lo comprendas mejor. Existen dos fuerzas en la vida, la virtud y la energía. Una crea la dicha sosegada y el equilibrio dichoso, la otra conduce a la destrucción del equilibrio, al movimiento angustioso e indefinido. Los antepasados de ustedes, los cristianos, han adorado la virtud como divinidad. Nosotros, en cambio, los anticristianos...

En este instante escuché llamar a la puerta y el individuo de la frente abombada, que me había traído la primera nota de I, entró en la habitación. Se dirigió precipitadamente hacia nosotros y se detuvo, jadeando, como si le faltara la respiración. Se le veía tan cansado que no podía pronunciar palabra. Seguramente había corrido mucho.

—Bueno, pero ¿qué ha sucedido?, ¿qué hay? —preguntó I, tomándolo del brazo.

—¡Vienen para aquí! —dijo finalmente—. Los Protectores y con ellos aquel jorobado.

—¿S?

—Sí, ya están en la casa vecina. Llegarán en seguida.

—¡Qué tontería! Aún tenemos tiempo... —Ella rió y en sus ojos bailaban unas llamitas divertidas. Aquello era valor temerario o, tal vez otra cosa que no llegué a comprender.

—Por favor, I, te lo imploro —le dije angustiado—. Por la salud del Protector. ¿Es que no comprendes?

—¿Por la salud del Protector? —Una sonrisa burlona subrayó sus palabras.

—Bueno, entonces no por él, sino por mí. Por favor, debes irte.

—Realmente quería consultarte algo. Pero, bueno, lo dejaremos para mañana.

Me saludó con un gesto risueño de su cabeza (sí, realmente risueño) y se fue con aquel individuo. Volví a estar solo.

Me senté frente al escritorio. Una vez acomodado, saqué mi manuscrito, lo abrí y simulé escribir, para que me encontrasen absorto en esa labor, que debía ser en beneficio del Estado Único. Pero de pronto se me ocurrió pensar: "¿Y si le dan un vistazo a mi manuscrito y leen alguna página, por ejemplo una de las últimas, qué sucederá?".

Sin embargo, seguía sentado en el escritorio. Las paredes temblaban, mientras las letras se me borraban al nublárseme la vista.

"¿Debería esconderlo tal vez? ¿Pero dónde, si todo es de cristal? ¿Acaso quemarlo?". Me podían ver desde el pasillo y las habitaciones cercanas. Por lo demás, ya no tenía la suficiente energía para destruir esta parte de mi propio yo, que quizá me resultaba más estimable que todo lo demás. ¡No podía hacerlo, no me sentía capaz!

Pasos, voces en el pasillo. ¡Ahí estaban! Hice el movimiento justo para poder alcanzar un fajo de papeles y sentarme encima. Ahora estaba irremediablemente pegado al sillón, que temblaba con cada uno de mis átomos. El suelo de mi cuarto era como la cubierta de una nave que se balanceaba arriba y abajo, arriba y abajo.

Acurrucado, alcé la vista. Iban de habitación en habitación, se acercaban cada vez más. Algunos números estaban sentados, rígidos, como petrificados, lo mismo que yo; otros, en cambio, salían rápidos a su encuentro y abrían valientemente su puerta de par en par. ¡Qué felices parecían! Los envidié.

"El Protector es una desinfección tan necesaria como imprescindible para toda la humanidad, por lo que en todo el Estado Único no hay favoritismo alguno".

Escribí esta frase descabellada y enloquecida, mientras me inclinaba aún más profundamente encima de la mesa.

Escuché con todos mis sentidos. El pomo de la puerta chirrió, sentí una corriente de aire y el sillón comenzó a girar.

Con gran esfuerzo traté de desviar mi atención del manuscrito, mirando a los que entraban (¡qué difícil resulta disimular!).

S fue el primero en entrar, estaba hosco y silencioso. Sus ojos se clavaron en mi cara, en mi sillón, en el papel que había debajo de mis temblorosas manos. Luego vi unos rostros conocidos en el umbral y uno de ellos se destacó del grupo, era un número femenino que bien conocía.

Recordé de pronto todo lo que había sucedido media hora antes en mi cuarto, y fue evidente que seguramente no tardarían en saber todo. Mi corazón y todo mi ser parecían dar saltos (por fortuna de manera invisible e impenetrable en mi cuerpo). Debajo mío estaba escondido mi manuscrito. No había marcha atrás.

U se acercó por la espalda a S y susurró:

—Este es D-503, el constructor del Integral. ¿Verdad que escuchado hablar ya de su invento? Siempre está en su escritorio, jamás se concede una pausa.

¿Qué había de objetar a estas palabras por mi parte? Qué mujer más maravillosa. S se acercó casi de puntas de pie, se inclinó por encima de mi hombro y contempló lo que había encima de la mesa.

Apoyé mis codos con fuerza en el manuscrito, pero me dijo con tono severo:

—¡Enséñeme lo que tiene ahí!

Con la cara enrojecida por la vergüenza, le tendí la hoja de papel. La analizó y vi cómo en sus ojos florecía una sonrisa que se deslizó por su rostro.

—Es un poco dudosa la frase, pero de todos modos está bien, siga, no queremos entretenerlo por más tiempo.

Se volvió con pasos vacilantes hacia la puerta y con cada uno de sus pasos parecía volver paulatinamente la vida a mis pies, mis manos y mis dedos. Mi alma fue esparciéndose uniformemente por todo el cuerpo y respiré aliviado.

Pero U seguía todavía a mi lado. Se inclinó y me susurró:

—¡Suerte que estaba yo!

No sé lo que quería insinuar.

Hacia el atardecer me enteré de que habían detenido a tres números. Claro que nadie de nosotros se atrevió a comentar este incidente (debido a la influencia educativa de los Protectores que invisiblemente se encuentran entre nosotros). Nuestras conversaciones giraban en torno a la vertical del barómetro y del cambio de tiempo que se avecinaba.

29
Filamentos en el rostro.
Una compresión caprichosa.

Qué extraño: el barómetro desciende y sin embargo todavía no sopla el viento; reina una profunda quietud. Allá arriba ya ha comenzado la tormenta que para nosotros sigue imperceptible. Las nubes se agitan y corren por el cielo. Hasta ahora se ven solamente unos cuantos jirones puntiagudos. Parece como si allá, en la altura, ya estuviera en marcha la destrucción de alguna ciudad; como si cayesen unos trozos enormes, partes enteras de muros y de torres sobre nosotros. Estas nubes crecen con rapidez ante mis ojos, y se acercan más y más, pero habrán de flotar durante muchos días todavía por el infinito hasta que choquen contra nuestro suelo.

Aquí abajo reina un silencio de muerte. En el aire flotan unos filamentos tan delgados como capilares, casi invisibles. Cada año, el otoño los trae del otro lado del Muro Verde, invaden nuestra ciudad. De pronto sentimos algo ajeno, invisible en el rostro, e intentamos quitarlo pasando la mano por la cara; sin embargo, nadie puede librarse de ellos.

En el Muro Verde, por donde hoy estuve paseando, existe una enorme cantidad de filamentos. I me había dicho que la fuera a buscar a nuestro "piso" en la Casa Antigua.

A poca distancia de allí oí unos pasos cortos y rápidos y un aliento jadeante. Me volví: era O.

Tenía un aspecto muy distinto al habitual, se notaban sus nervios.

El uniforme se tensaba exageradamente alrededor de su cuerpo, que conozco tan bien. Pronto, aquel cuerpo rompería la fina tela. Se me ocurrió pensar involuntariamente en los desfiladeros verdes más allá del Muro, donde, al llegar la primavera, los yermos se abren paso en la tierra y salen al exterior en busca del sol, para que puedan salir tallos, hojas y flores. O me miró en silencio y sus ojos azules estaban radiantes. Luego dijo:

–¡Le vi aquel día, el de la Unanimidad!

–También yo la vi entonces. –Me acordé inmediatamente de que había estado al lado de la entrada angosta, muy pegada a la pared, protegiéndose el vientre con las manos. Y sin querer miré su vientre, que se destacaba grueso y redondo debajo del uniforme. Pareció darse cuenta de mi mirada, ya que se ruborizó y sonrió asombrada.

–Soy tan feliz. No veo ni oigo lo que pasa a mi alrededor y solamente escucho en mi interior.

No respondí nada. Me daba la sensación de ir cargado con algo extraño, ajeno y molesto, pero que no podía quitármelo de encima. De pronto tomó mi mano y se la acercó a los labios. Era una caricia anticuada que no había sentido nunca, lo que me avergonzó y dolió tanto, que retiré mi mano con violencia.

–¿Está loca? ¿De qué se alegra? ¿Es que ha olvidado lo que le espera? Claro que no en seguida, pero habrá consecuencias. Palideció. Sentí en mi corazón angustia, acaso originada por ese sentimiento que suelen llamar compasión. (El corazón no es más que una bomba ideal. De ello se deduce lo descabellado, anormal y enfermizo que son el amor, la compasión y otros tantos estados análogos que originan sensaciones de ese tipo).

Quietud. A mi lado, el cristal turbio del Muro Verde y ante mis pies un montón de piedras rojas como la sangre.

El resultado de la visión de ambas cosas era una idea genial:

–¡Un momento! Sé cómo puede salvarse. En la ciudad sólo le espera dar a luz a su hijo y luego morir. Quiero evitarle esta triste suerte. Quiero que pueda criar y educar a su hijo, ver cómo crece en sus propios brazos.

Temblando con todo el cuerpo, se aferraba a mí.

—Se acordará seguramente de aquella mujer —le dije—, aquella de entonces. Ahora está en la Casa Antigua. Vamos a verla inmediatamente. Haré todo lo que sea necesario.

En mi imaginación me figuraba a los tres caminando a través de los pasillos subterráneos y ya me encontraba con O en el país de las flores, hierbas y hojas verdes, pero ella retrocedió asombrada y enojada. Temblaba.

—¡Pero si es la misma que!… —exclamó.

—Sí, desde luego —tartamudeé—, sí, es la misma.

—¿Y usted me pide que vaya a verla? ¡Atrévase a decir algo más acerca de ella!

Se fue con paso rápido. De pronto se volvió, como si se hubiera olvidado algo, y gritó:

—¡Qué importa que tenga que morir! ¡Y a usted aun le importa menos!

Silencio. Desde arriba parecen caer trozos enteros de muros y torres y crecen con vertiginosa rapidez ante mis ojos, pero habrán de volar todavía horas enteras, incluso días, a través del infinito. Pausadamente se deslizan unos hilos invisibles por los aires, se pegan a mi cara y no soy capaz de librarme de ellos.

Entré en la Casa Antigua. En mi corazón había una compasión absurda que me martirizaba.

30

La última cifra.
El error de Galileo.
Acaso será mejor si...

Ayer me reuní con I en la Casa Antigua. En medio del loco desbarajuste armado por el cromatismo rojo, verde, amarillo bronce y blanco que me impedía reflexionar con lógica, y bajo la sonrisa del viejo poeta de nariz torcida, tuvimos una larga conversación. Quiero reflejarla aquí, palabra por palabra, ya que, según parece, esta no solamente es de gran importancia para el Estado Único, sino incluso para el Universo.

I dijo:

—Sé que el Integral despegará en su primer vuelo de prueba pasado mañana. Ese mismo día nos apoderaremos de él.

—¿Pasado mañana?

—Sí, no te pongas nervioso. No podemos perder un solo minuto. Entre el centenar que fue detenido ayer por simple sospecha, hay doce mephi. Si esperamos todavía dos o tres días, estaremos perdidos.

No dije nada.

—Tienen que subir a bordo a mecánicos, electricistas, médicos y meteorólogos. A las doce, cuando toquen para el almuerzo y todos se vayan a comer, nos quedaremos en el pasillo, y nos encerraremos en la cantina. Entonces el Integral será nuestro.

Tiene que ser así, cueste lo que cueste. El Integral es nuestra arma, con su ayuda pondremos fin a todo de un solo golpe. Sus aeronaves... ¡serán nada más que una nube de mosquitos contra un cuervo! Y si la cosa no pudiera realizarse sin violencia, entonces solamente utilizaremos el escape del Integral, dirigiéndolo hacia abajo. Eso será suficiente.

No pude evitar asustarme,

—Es una locura. ¿No te das cuenta de que lo que proyectas es una revolución?

—Sí, una revolución, pero, ¿por qué es una locura?

—Porque nuestra revolución fue la última de todas, ya no puede haber una nueva. Esto lo sabe todo el mundo.

I me miró burlonamente.

—Mi querido, eres un matemático, y aún más, eres un filósofo. Por favor, ¿cuál era la última cifra?

—No comprendo, ¿la última cifra?

—Sí, la última, la más elevada, la mayor de todas las magnitudes.

—Pero, I, ¿no te das cuenta de que todo esto no son más que tonterías? La sucesión de números es infinita. Así, ¿de qué clase de cifra hablamos?

—¿Y cuál es la última revolución que dices? No existe ninguna revolución final o última, como se quieras, llamarla, la cifra de las revoluciones es también infinita. ¡La última!, parece que esto se ha dicho únicamente para los oídos de unos niños inocentes. Los niños temen al infinito; pero, claro, han de dormir tranquilos y no ser inquietados por nada, esto es lógico y, naturalmente, por esta razón…

—Pero ¿qué sentido tiene todo esto, por la salud del Protector? ¿Qué sentido tiene, si todo el mundo es dichoso?

—Bien, supongamos que todo el mundo es dichoso. Pero, ¿y qué más?

—¡Qué ridículo! Una pregunta verdaderamente inútil. A los niños se les cuenta cualquier cuento hasta el final y te preguntarán: "¿Y qué más?".

—Es que los niños son los únicos filósofos valientes. Y los filósofos valientes son como los niños, son verdaderamente infantiles. Es por eso que como los niños hay que preguntar siempre: ¿y qué más?

—No hay ningún "qué más". Punto, es el final. En todas partes, en el Universo, debe existir equidad y uniformidad.

—¡Vaya!, uniformidad. Ahí lo tenemos: la virtud psicológica. ¿Es que como naturalista no te das cuenta de que solamente en las diferencias temperamentales, en los contrastes caloríficos, hay vida? Pero si en todas partes del Universo existen únicamente unos cuerpos de temperaturas iguales, ya sean fríos o calientes, entonces estos tienen que chocar entre sí, para que se origine fuego, una explosión, el Infierno. Y nosotros los haremos chocar.

—Pero I, por favor, trata de entender, precisamente es esto lo que hicieron nuestros antepasados en la Guerra de los Doscientos Años.

—Ah, sí, y tenían razón. Pero cometieron un error, creyeron que eran la última cifra, algo que jamás existe en la Naturaleza. ¡Jamás! Su error fue el error de Galileo, tenía razón al afirmar que la Tierra giraba alrededor de otro sistema; pero no sabía que la trayectoria real, y no la relativa, de la Tierra no es un círculo simple.

—¿Y ustedes?

—¿Nosotros? Hasta ahora sabemos que no existe una cifra definitiva, última. Tal vez algún día lo olvidemos. Sí, seguramente lo olvidaremos al hacernos viejos. Y luego caeremos, también, como las hojas marchitas en otoño que caen de los árboles, y como también ustedes caerán pasado mañana. Pero esto no te pasará, porque eres uno de los nuestros.

Violenta, ardiendo de pasión (jamás la había visto tan excitada), me abrazó. Luego me miró fijamente a los ojos, diciendo:

—¡A las doce en punto!

—Sí, no lo olvidaré —respondí.

Salió de la habitación y me quedé a solas con aquel escándalo policromo de los mil colores azules, rojos, amarillos y naranjas.

Sí, a las doce. De pronto sentí en mi rostro algo extraño de lo cual no me podía liberar. Me acordé de la mañana de ayer. Recordé a U, las palabras que había lanzado a I. ¿Cómo se había atrevido? ¿Es que estaba loca?

Me puse rápidamente en camino para regresar; debía llegar cuanto antes a casa. A mi espalda chillaba agudamente un pájaro encima del Muro Verde.

La ciudad se rendía al resplandor de la puesta del sol, como si estuviera bañada por un fuego cristalizado, de un crisol. Las cúpulas circulares, los enormes cubos de las edificaciones, las puntas de las torres con los acumuladores que parecían perfectos, geométricos, ¿era yo quien debía destruir todo, yo con mis propias manos? ¿Es que no había otra salida, otra posibilidad?

Pasé por delante de uno de los auditorios (ni recuerdo el número). Adentro se veían grandes pilas de bancos amontonados y, en el centro, unas mesas cubiertas de trapos, vidrio blanco; encima una mancha sangrienta iluminada por el sol. En todo se ocultaba un mañana temerario, peligroso y desconocido.

"Es sumamente anormal –pensé– que un ser tenga que pasar su vida entre irregularidades e incógnitas sin despejar. Es casi lo mismo que vendar los ojos a una persona, obligándola a vivir tanteando, tropezando y cayendo a cada paso. Saben que en algún lugar, muy cerca, existe un abismo y que solamente hace falta dar un paso para caer. Y lo que quede de la humanidad puede ser un trozo de carne sangrienta, aplastada y herida. ¿Qué sucederá si uno da un salto rápido, sin pensarlo demasiado, al abismo, sin titubea? ¿No sería, tal vez, ésta la mejor de las soluciones, no se resolverían así de una vez para siempre todas las incógnitas?".

31

La gran operación.
He perdonado todo.
Choque.

¡Salvado! Salvado en el último instante, cuando todo parecía perdido y ya no había manera de detenerlo, cuando ya todo parecía haber terminado.

Me sentía como si subiera por los escalones de la máquina del Protector, como si la pantalla de cristal se hubiera cerrado encima de mi cabeza y como si mirara por última vez el puro azul del cielo.

De pronto, uno descubre que todo no ha sido más que un sueño. El sol luce dorado y alegre y los muros –¡qué sensación tan agradable, poder acariciar los fríos muros!–, ¡y la almohada! ¡Uno se torna casi ebrio al contacto del hoyo mullido que el rostro ha dejado en la almohada!... Todas estas fueron mis sensaciones cuando esta mañana lo leí en el Periódico Estatal.

Sí, lo que estuve viviendo ayer no fue más que un terrible sueño y todo ha terminado ya. Y eso que, en mi desesperación, sufriendo mi falta de ánimo, hasta había pensado en el suicidio. Me avergüenzo ahora de haber leído estas últimas páginas escritas ayer. Bueno, queden sin embargo como un recuerdo de aquello tan increíble que, desde luego, habría podido ser, pero que no será jamás.

En la primera plana del Periódico Estatal decía en gruesas letras de imprenta:

"Todos se deben alegrar, a partir de ahora son perfectos. Hasta el día de hoy sus hijos, los mecanismos, eran más perfectos que ustedes".

¿Por qué razón?

Cada chispa de la dinamo es una chispa de la razón más pura, cada impulso y cada golpe de la culata es un silogismo puro. ¿Acaso esta razón infalible no existe también en nosotros?

La filosofía de las grúas y de las bombas está cerrada y es clara como el círculo y su circunferencia. ¿Acaso la filosofía de ustedes no se mueve también en círculos?

La belleza del mecanismo reside en su ritmo inalterable, concreto y exacto, idéntico al de un péndulo.

¿Acaso ustedes, que desde la primera infancia fueron educados según el sistema Taylor, no son también tan exactos como un péndulo?

Pero si todo esto es decisivo más lo es todavía lo siguiente:

Los mecanismos no tienen fantasía.

¿Acaso han visto alguna vez que durante el trabajo se dibuje una sonrisa abstraída y soñadora en el rostro de un cilindro de bomba? ¿Es que saben que las grúas, por la noche, durante las horas que deben dedicarse exclusivamente al descanso, comienzan a agitarse inquietas de un lado a otro y acaban por suspirar?

¡No!

En ustedes –les debería dar vergüenza– los Protectores descubren esa sonrisa y esos suspiros cada vez con mayor frecuencia. Realmente, han de bajar la mirada, avergonzados por culpa de ustedes. Los historiadores del Estado Único piden su dimisión, porque no quieren dejar constancia en la historia de estas circunstancias trágicas e indignas. Pero no es de ustedes la culpa, están enfermos. Y esa enfermedad se llama fantasía.

La fantasía es un gusano que carcome e imprime unos surcos negros en sus frentes, es una fiebre que los impulsa a seguir corriendo adelante y cada vez más adelante, aun cuando este avanzar comience ahí donde acaba la felicidad. La fantasía es el último obstáculo en el camino hacia la felicidad.

¡Y ese obstáculo ha quedado eliminado!

La ciencia estatal ha hecho un gran descubrimiento recientemente: el centro de la fantasía es un diminuto nudo en la base del cráneo. Una triple irradiación aplicada sobre ese nudo y se puede quedar curado de la fantasía ¡para siempre!

"Ustedes son perfectos, son como máquinas, y el camino de la felicidad perfecta queda al alcance de todos. Vayan a los auditorios para dejarse operar.

Viva la gran Operación y viva el Estado Único. ¡Viva el Protector!".

Querido lector, cuando lea esto en mis anotaciones, como en una novela anticuada y extraña, y si pudiera tener entre sus manos el Periódico Estatal oliendo a tinta de imprenta, y supiera que es la realidad y que si no es hoy lo será mañana, entonces seguramente se encontraría embargado por los mismos sentimientos que escribo yo.

Querido lector, le daría vueltas la cabeza, sentiría mareos y unos estremecimientos locos le correrían por los brazos y por la espalda. Creería que es un gigante, un Atlas, que infaliblemente ha de tropezar con el techo en el momento en que se enderece.

Tomé el auricular:

—I-330, sí, 330. —Y a continuación tartamudeé—: ¿Está usted en casa? ¿Ya lo ha leído? ¿No le parece maravilloso?

—Sí… —Luego un silencio largo—. Tengo que verle sin falta hoy. Venga después de las 16 a casa.

Sin falta! Sonreí. No podía contenerme por más tiempo. Y sonriendo fui por las calles. El viento aullaba, formaba torbellinos, silbaba y azotaba mi rostro. Pero todo esto me ponía todavía más alegre. ¡De todas formas no podrás derribar nuestros muros! Por encima de mi cabeza pasaban unas nubes gris plomizo; bueno, no podrán oscurecer el sol, las hemos forjado pegándolas al cielo. Nosotros, los sucesores de Jesús de Nazareth.

En la esquina se juntaban los números. Apoyaban sus frentes contra los muros cristalinos del auditorio. Adentro alguien estaba encima de la mesa blanca, impecablemente blanca. Debajo de un paño blanco se asomaban las plantas de unos pies desnudos y amarillentos. Unos médicos uniformados con batas blancas se inclinaban sobre el cabezal de la mesa y una mano firme sostenía una jeringa con un líquido indeterminado.

–¿Por qué no entra usted también? –pregunté a uno cualquiera, o, mejor dicho, a todos.

–¿Y usted? –uno de ellos se volvió para mirarme.

–Iré más tarde, antes tengo que hacer.

Un poco confuso, seguí mi camino. Desde luego, antes veré todavía a I. Pero, ¿por qué "antes"? Ese por qué no encontraba una respuesta satisfactoria en mi interior.

En las gradas, el Integral se veía como un bloque de hielo azulado. En la sala de máquinas aullaba la dinamo, repitiendo cariñosamente siempre la misma palabra, mi palabra. Me agaché para acariciar el escape largo y frío del motor. Mañana vivirás, mañana una lluvia de chispas saldrá de tu cuerpo y te haré volar. ¿Con qué clase de ojos contemplaría a este monstruo cristalino, si todo seguía igual que ayer? Si hubieran sabido que mañana, a las doce..., lo habrían traicionado.

Alguien me tocó suavemente en el codo. Me volví, era el Segundo Constructor.

–¿Ya lo sabe? Es un asunto magnífico.

–¿Qué? ¿La operación? Sí, es un asunto magnífico.

–No, no me refiero a la operación, han aplazado el vuelo de prueba hasta pasado mañana. Todo por causa de esa operación. Nos hemos esforzado cuando no era necesario.

¡Todo por causa de la operación! ¡Qué hombre tan ridículo, tan estúpido! Si fuera por la operación de mañana, estaría sentado en la jaula cristalina, correría de un lado para otro como un loco.

Estoy en mi habitación, son las 12.30. Al entrar, U estaba sentada delante de mi escritorio, apoyando su mejilla derecha en la mano huesuda. Se sienta siempre muy rígida. Estaría esperando desde hacía mucho, ya que al levantarse sobresaltada para venir a mi encuentro, vi en su mejilla cinco profundas marcas, causadas por sus cinco dedos.

Durante un instante me acordé de aquella desgraciada mañana. Ella había estado al lado de I, de pie y cerca del escritorio, furiosa. Pero todo ese recuerdo duró tan sólo unos instantes, el sol lo borró. Era como cuando, en un día claro, uno llega a la habitación para encender la luz y a lámpara está ardiendo pero parece no estarlo, parece superflua, ridícula y miserable comparándola con la claridad natural.

Sin dudar, le ofrecí la mano; lo perdoné todo. Ella aceptó mis manos estrechándolas firmemente. Sus mejillas comenzaron a temblar y me dijo:

—Lo estaba esperando. Sólo quería hablarle un minuto. Quería decirle nada más lo feliz que soy y lo que me alegro por usted. Mañana o pasado habrá quedado totalmente curado. Estará como nuevo, como si hubiera nacido de nuevo.

Encima del escritorio vi las dos últimas páginas de mis anotaciones de ayer, seguían en la misma posición que anoche al dejarlas sobre la mesa. Si ella hubiera llegado a ver lo que allí decía… Bueno, de todos modos, ahora, lo mismo daba. Todo esto pertenece ya al pasado, es pura historia, y está ya tan distante como si lo hubiera visto a través de unos prismáticos al revés.

—Sí —le respondí—. Por lo demás, acabo de observar una cosa extraña en el Prospekt: unos pocos números caminaban delante de mí y sus sombras brillaban. Estoy absolutamente convencido de que mañana ni siquiera existirán ya sombras, ni de los hombres ni tampoco de los objetos; el sol lo traspasará todo.

—Es usted un soñador. No permitiría a mis hijos hablar de ese modo… —me dijo con cariñosa severidad, para contarme a continuación que había conducido a toda la clase escolar a la operación, y que a los niños se les había tenido que atar a las mesas—. Pero, claro —siguió diciendo—, es necesario amar, sin contemplaciones.

Así, se habían decidido por fin a operarme. Me volvió a sonreír, como si quisiera inspirarme ánimos y se fue.

Por fortuna hoy el sol no se había "detenido"; eran las 16 horas. Y con el corazón ansioso llamé a la puerta de I.

—¡Adelante!

Me arrodillé delante de su sillón, me abracé a sus rodillas, eché la cabeza hacia atrás, mirándola profundamente a los ojos.

Más allá del muro se oía una tormenta, las nubes eran cada vez más oscuras. Yo no hacía más que tartamudear cosas descabelladas:

—Fui a volar con el sol a cualquier lugar. No, no a cualquier lugar, ahora conocemos la dirección de nuestro vuelo. A mis espaldas quedan unos planetas que chisporrotean, en los que crecen únicamente unas flores ardientes; luego pasan los planetas silenciosos y azules, donde unas piedras racionales se han agrupado en una sociedad organizada que, al igual que en nuestra Tierra, han alcanzado las cumbres de la felicidad más sublime y perfecta.

De pronto una voz dijo desde lo alto:

—¿No creerás que esas piedras razonables sean las cumbres?

Cada vez más se volvía oscuro su rostro:

—¿Y la dicha? Los deseos son algo martirizante, ¿no te parece lo mismo? Solamente se puede ser feliz cuando ya se queda libre de todo deseo. ¡Qué error tan grave, qué prejuicio tan ridículo, que hoy hayamos puesto un signo positivo delante de la felicidad, cuando, en cambio, delante de la dicha absoluta hemos colocado un signo negativo, el divino "menos"!

Recuerdo que murmuré distraído:

–El cero absoluto. 273 grados.

–Exacto, 273 grados con el signo negativo. Desde luego un poco frío, pero, ¿acaso esto no evidencia que nos encontramos en la cumbre?

Prácticamente expresaba una idea mía, como ya lo había hecho en otra ocasión. Pero esto resultaba inquietante para mí; no podía soportarlo y con gran esfuerzo conseguí decir que no.

–¡De ninguna manera! –le dije–. Estás bromeando.

Ella se rió con demasiada fuerza. Se levantó, y poniendo con suavidad sus manos sobre mis hombros, me miró largamente. Luego me atrajo hacia ella y lo olvidé todo, sentía únicamente sus ardientes labios.

–¡Adiós!

Esta palabra la escuchaba lejana, pareció llegarme después de dos o tres minutos.

–¿Por qué adiós?

–Porque estás enfermo, y por mi culpa has cometido un delito.

–¿Y esto te preocupa, te angustia?

–Te operarán y entonces quedarás curado de mí. Esto significa: adiós.

–¡No, no! –grité.

–¿Cómo es posible que desprecies la dicha?

Mi cabeza parecía estallar en dos mitades, dos rasgos lógicos chocaban entre sí, como si fueran dos trenes que descarrilan.

–Pero puedes elegir entre la operación y la dicha perfecta o…

–No puedo vivir si no estás conmigo –murmuré. Pero a lo mejor lo que decía no era más que una simple idea, un pensamiento; sin embargo, ella lo había oído.

–Lo sé –me respondió, mientras sus manos seguían reposando en mis hombros y también sus ojos seguían mirándome fijamente. Luego agregó:

–Entonces, hasta mañana. Mañana a las doce.

–No, ha sido aplazado por un día. Pasado mañana.

–Tanto mejor para nosotros. De modo que hasta pasado mañana.

Solo, absolutamente solo, anduve por las calles con la penumbra vespertina. El viento me arrastró como si fuera un trozo de papel, y de un cielo como hierro fundido caían grandes fragmentos. Volarán todavía por lo menos uno o dos días por el infinito. Los uniformes que se cruzaban conmigo me detuvieron, pero yo seguía caminando. Lo veía claro, todos estaban salvados, pero para mí ya no había salvación posible; ¡no quería ser salvado!

32

No puedo creerlo. Tractores. Un montón miserable de humanidad.

¿Puede uno imaginar que tiene que morir? Bueno, el hombre es mortal y yo he de morir, ya que soy un hombre. Pero esto, querido lector, ya lo sabe. Y, sin embargo, ¿ha podido imaginárselo no solamente con la razón, sino con todo el cuerpo y de un modo tan gráfico que lo haya experimentado prácticamente hasta en los dedos que ahora sostienen este papel?, ¡llegará el día en que serán amarillos y estarán fríos como el hielo!

No, claro está que no se lo puede imaginar, y por esta razón precisamente no ha saltado hasta ahora desde el décimo piso a la calle; por esta razón sigue comiendo, hojeando las páginas del libro, se afeita, ríe, y escribe.

Este es mi estado de ánimo actual, este exactamente. Sé que la pequeña aguja negra del reloj va descendiendo poco a poco hacia la medianoche y luego sube de nuevo, traspasando por fin alguna de las rayas, la última, y luego comenzará ese "mañana" inimaginable. Sí, lo sé, y sin embargo aún no lo creo, o tal vez las 24 horas me parecen 24 años. Por eso puedo hacer algo todavía, responder a preguntas y subir la escalera del Integral.

Este se balancea sobre las aguas y lo que todavía también sé es que tengo que agarrarme a la baranda. Siento el tacto frío del cristal en mi mano. Observo cómo se doblan las grúas transparentes, vivas, con sus cuellos de jirafa, cómo adelantan los picos y alimentan a los motores del Integral con ese alimento terriblemente explosivo. Y abajo, en el río, puedo distinguir claramente el agua sacudida por el viento. Todo está muy lejos de mí, ajeno, como si se tratara de un dibujo encima de un papel. Me parece muy extraño que el Segundo Constructor me diga:

—¿Cuánto combustible llevaremos? Hay que tener para que alcance dos o tres horas y media.

—Serán suficientes quince toneladas; no, mejor será que llevemos cien.

Sabía lo que mañana sucedería.

—¿Cien? ¿Por qué tanto? Es suficiente para toda una semana. Quizá para mucho más tiempo todavía.

—No sabemos lo que puede pasar durante el viaje.

—Sí, tiene razón.

El viento aúlla, el aire se va llenando de algo invisible, impalpable. Cuesta mucho respirar y caminar. Muy lenta y pausada, sin detenerse un solo segundo, la aguja del reloj de la torre de los acumuladores, va avanzando. La punta de la torre, oculta por las nubes, absorbe, con gran ruido, energía eléctrica.

Las chimeneas de las fábricas de música aúllan.

Los números marchan como siempre en filas de cuatro que parecen oscilar al viento. Allá, en la esquina, chocan con algo, retroceden, y se convierten en un montón rígido y jadeante. De pronto, todos parecen tener los cuellos largos como gansos.

—¡Mire, mire, allá, pronto!

—¡Son ellos, sí, son ellos!

—Yo no voy bajo ningún concepto. No, prefiero poner la cabeza en la máquina del Protector.

—¡No diga eso, loco!

La puerta del auditorio de la esquina estaba abierta de par en par, y despacio, muy despacio, salía una columna de unas cincuenta personas. Eso de personas no es la palabra más adecuada, ya que no se trataba de unos pies, sino de unas ruedas pesadas, accionadas por un mecanismo invisible; no se trataba de personas, sino de máquinas con forma humana. Encima de sus cabezas ondeaban susurrantes unas banderas blancas, en cuyo centro se destacaba un sol dorado y dentro de los rayos del sol se podía leer:

"Somos los primeros. Estamos operados. Sígannos todos"-

Iban cercando a la multitud; y si en lugar de nuestras filas gris-azuladas se les hubiera puesto en el camino un muro, un árbol o una casa, seguramente lo habrían arrasado. Mientras tanto, habían llegado hasta el centro del Prospekt, donde formaban una cadena volviendo hacia nosotros sus caras. Esperábamos asustados, y unas nubes oscuras se deslizaban por el cielo, mientras el viento aullaba.

De pronto, ambas alas hicieron un movimiento concéntrico, incorporándose unos a otros cada vez con mayor velocidad mientras en su movimiento envolvente nos dejaban cercados. Nos iban empujando hacia la puerta del auditorio, abierta de par en par, hasta que nos vimos en la sala.

Se oyó entonces un grito agudo y penetrante:

—¡Sálvense, corran!

Y todos se alejaron como pudieron. Era una huida. Cerca de la pared había un angosto pasillo, todos corrieron hacia ese lugar, adelantando la cabeza; y estas cabezas, en un santiamén, se convirtieron en una especie de cuña. Unos pies pisando inquietos, manos gesticulantes y unos uniformes azulados chorreaban como la vía de agua de una manguera de incendios y se dispersaban. Delante de mí apareció un cuerpo en forma de S y al instante desapareció como si lo hubiera tragado la tierra. Estaba solo ante todos aquellos brazos y piernas. Y corría, corría tanto como podía.

Poco después, apoyado en el portal para recobrar el aliento y fuerzas, se acercó, como impulsado por el viento, alguien que me habló sin preámbulos.

–Durante todo el tiempo he corrido detrás suyo. ¡No quiero, no quiero la operación! ¡Ayúdeme!

Unas manos pequeñas y redondas tocaron mi brazo, y unos ojos azules y redondos, me miraron interrogantes y suplicantes. ¡O! Se sentó encima del frío escalón, acurrucándose como un ser pequeño y miserable; me incliné hacia ella, le acaricié la cabeza, las mejillas.

Mis manos quedaron húmedas.

Ella se cubrió la cara con las manos y dijo de forma casi imperceptible:

–Cada noche, cuando estoy sola, pienso en el niño: ¿qué aspecto tendrá?, ¿cómo será?, ¿cómo lo cuidaré? Y si ellos me atenderán, ¿entonces, para qué viviré aún? Ya no puedo más. Me tiene que ayudar, no me importa de qué manera.

Tenía una sensación absurda (estaba realmente convencido de que tenía que ayudarla). Y era absurda porque mi obligación era un nuevo delito, un nuevo crimen. Y era estúpida también, porque el blanco no puede ser al mismo tiempo negro, porque el deber y el crimen jamás pueden coincidir en una misma cosa. Tal vez exista, sin embargo, en la vida, el blanco y el negro, tal vez el color dependa tan sólo de una base fundamental, viva y lógica, desde la cual se parte para determinarlo. Si esta era la base fundamental, lógica... Eso de que, infringiendo la ley, hubiera engendrado con ella un hijo...

–Bien –le respondí–. Deje ya de llorar. La llevaré allí donde le propuse entonces.

–Sí –me contestó rápidamente. Seguía tapándose la cara con las manos.

La ayudé a levantarse. En silencio, cada uno ocupado en sus propias ideas o tal vez de las ideas de los dos, anduvimos por la calle oscura, cruzando por delante de unas casas silenciosas. De pronto oí a mis espaldas unos pasos vacilantes. En una de las esquinas me volví, y en medio de las nubes que pasaban, que se reflejaban en los adoquines cristalinos y de débil resplandor, me di cuenta de la presencia de S. Mis brazos perdieron inmediatamente su compás y realizaron unos movimientos inseguros, como si no me perteneciesen. Le dije a O, en voz alta, que mañana el Integral despegaría por primera vez y que esto sería un acontecimiento único y maravilloso.

Ella me miró sorprendida y sus ojos azules se abrieron desmesuradamente, hasta que al fin su mirada se dirigió a mis manos, que gesticulaban sin sentido. No consentí que me respondiera y seguí hablando y hablando. Pero dentro de mí, y esto solamente podía oírlo yo, susurraba y martilleaba una idea: "Imposible llevarla ahora ahí".

En lugar de torcer a la izquierda, me fui hacia la derecha. El puente se nos ofrecía a los tres. A mí, a O y a S, que nos seguía, con su espalda encorvada como la de un esclavo. Desde las casas profusamente iluminadas de la otra orilla, caía el resplandor sobre las aguas y se difuminaba en millares de chispas danzarinas. El viento soplaba sonoramente y aun así podíamos oír continuamente los pasos detrás nuestro.

Llegamos así a la casa donde habito. O dijo:

—Pero si me ha prometido...

Sin dejarle terminar la frase, la empujé suavemente a través del portal. Encima de la mesa del vestíbulo vi las mejillas mofletudas de U; un gran número de números se apiñaban alrededor de ella como si se pelearan por sus favores. Seguí arrastrando a O al rincón opuesto, la senté con la espalda a la pared en una silla (había observado que afuera se deslizaba una sombra oscura con una gran cabeza) y saqué mi librito de notas del bolsillo.

O seguía sentada, como si su cuerpo se hubiera evaporado bajo el uniforme y tan sólo quedase una cáscara vacía con ojos, por los cuales asomaba un vacío azul. Fatigada, me dijo:

—¿Por qué me ha traído aquí? ¿Me quiere engañar?

—Cállese, mire allá, delante de la casa.

—Sí, una sombra.

—Durante todo el tiempo nos ha seguido los pasos. No la puedo llevar ahora ahí. Compréndalo. Escribiré rápidamente unas líneas, se las llevará y se irá sola a verla. Sé que él se quedará aquí.

Debajo de su uniforme, su cuerpo volvía a adquirir vida, redondeándose paulatinamente; su rostro se iluminó. Al darle la nota, rocé su mano fría. Mis ojos miraron por última vez a los suyos.

—Adiós, que le vaya bien. Tal vez no nos volvamos a ver.

Ella retiró su mano. Con la cabeza gacha dio dos pasos, se volvió rápidamente, y de pronto estuvo de nuevo a mi lado. Sus labios temblaban, sus ojos, su boca y todo su cuerpo me dijeron una sola palabra, siempre la misma palabra. ¡Qué sonrisa tan insoportable había en su rostro, qué dolor!

Luego vi cómo aquel montón miserable de humanidad se dirigió hacia la puerta y poco después se convertía en una minúscula sombra delante de la casa. Se alejó sin volverse más.

Me acerqué a la mesa donde estaba sentada U, que me dijo:

—Aquel de allí afirma que en la Casa Antigua ha visto a un hombre totalmente desnudo, pero que llevaba todo el cuerpo cubierto de pelo. ¿Lo comprende? ¿Es que todo el mundo se ha vuelto loco?

Del medio del grupo surgió otra voz:

—Sí, señor, yo también lo he visto.

—¿Y usted qué dice a todo esto? ¿No cree que es pura locura? —dijo U, pronunciando la palabra "locura" con tanta convicción que yo mismo estuve acuerdo.

¿Es posible que todo cuanto he visto hasta ahora sea un producto de la locura?

Contemplé por un instante mis manos peludas y de pronto recordé: "Seguramente en tu interior corre también alguna gota de la sangre del bosque. Tal vez por esa razón…".

No, por fortuna todo esto no era fantasía. No, por desgracia no lo es.

33
No hay síntesis.
Rápidamente,
una última palabra.

Amaneció de nuevo.

Miré al periódico; tal vez allí…

Lo leo sólo con los ojos (que son como plumas, como una escala matemática, una regla de cálculo que se lleva en la mano; algo tan extraño como un instrumento).

En la primera página, un gran titular cubre en toda la extensión:

"Los enemigos de la felicidad no duermen. Aferraban la felicidad con ambas manos. Mañana se suspenderá todo el trabajo y todos los números, absolutamente todos, formarán para la operación. El que no se presente, terminará en la máquina del Protector".

¡Mañana! ¿Pero es que realmente podrá haber todavía un mañana? La fuerza de la costumbre hizo extender mi mano hacia la estantería de libros para dejar el periódico en el montón de los anteriores, recogidos dentro de una carpeta con letras de oro. Entretanto iba pensando: "¿Por qué? Seguramente no volveré nunca a esta habitación".

El periódico cayó al suelo. Yo estaba de pie, dando el último vistazo a mi cuarto; con movimientos precipitados recogía todo cuanto quería llevarme, acomodándolo dentro de una valija imaginaria. La mesa, los libros, el sillón. En el sillón se había sentado más de una vez I… Y yo había estado de rodillas delante de ella. La cama. Luego esperé uno, dos minutos como un tonto, con la loca esperanza de que se produjera un milagro: tal vez sonaría el teléfono, quizás fuera ella.

No, no se produjo ningún milagro.

Ahora me voy hacia lo desconocido. Estas son mis últimas palabras. Adiós, mi querido y desconocido lector. Adiós, lector con el que he vivido tantos y tantos acontecimientos y al que me he confesado totalmente; yo, el enfermo, atacado de un mal incurable que se llama "alma".

¡Me voy!

34

Los libertos.
Noche de sol.
La valquiria de la radio.

Ojalá me hubiera dejado reventar, y no solamente a mí, sino a todos los demás, en miles de pedazos, ojalá estuviera con ella en algún lugar más allá del Muro Verde, entre animales que enseñan sus dientes amarillentos, y ojalá jamás hubiera vuelto aquí. Tal vez me sentiría mil veces mejor. Pero ahora, ¿ahora, qué? ¿Tendré que estrangular a esta?

Pero, ¿acaso arreglaría algo o ayudaría a alguien?

No, y tres veces no. Tengo que dominarme firmemente, D-503. Debo tomar las palancas de la lógica con mano firme y con toda la fuerza y accionar igual que un esclavo de la antigüedad las ruedas del silogismo, hasta que deje escrito en el papel todo, absolutamente todo cuanto ha sucedido.

Cuando llegué a bordo del Integral, todos estaban ya en sus posiciones. A través de la cubierta de cristal vi muy abajo, al lado de los telégrafos, dinamos, transformadores, altímetros, válvulas, manecillas, motores, bombas y válvulas y el pulular de un montón de seres humanos. En la cabina de mandos, la gente de los Departamentos estatales científicos se inclinaban sobre las tablas y los instrumentos, y al lado de ellos se hallaba el Segundo Constructor con sus dos asistentes.

Los tres tenían encogidas las cabezas, como si fuesen tortugas, sus caras eran pálidas, inexpresivas como el otoño.

—¿Qué sucede? —pregunté.

—¡Oh!, nada especial, —me respondió uno de ellos con una sonrisa tenue y apagada–. Tal vez tengamos que aterrizar en alguna parte. ¡Quién sabe lo que puede pasar! Además, nadie sabe nada.

Sus presencias se me hacían insoportables; no toleraba verlos por más tiempo, ya que había que despegar en una hora con mis propias manos, tal vez para siempre, del Estado Único. Me recordaban las figuras trágicas de los libertos, cuya historia ya conoce cualquier colegial. Esta epopeya narra que tres números quedaron libertos del trabajo durante tres meses, como experimento de ensayo: hagan lo que quieran y vayan donde les plazca. (Esto fue en el tercer siglo después de la creación de la Tabla de Leyes).

Aquellos desgraciados siguieron vagabundeando por las cercanías de sus antiguos lugares de trabajo, mirando con ojos ávidos a los demás; se quedaban parados en medio de la calle, donde solían realizar unos movimientos que durante ciertas horas del día se habían convertido ya en una verdadera necesidad para su organismo; aserraban y pulían el aire, trabajaban con martillos invisibles y barras de hierro también invisibles.

Al décimo día no pudieron resistirlo, se tomaron todos de la mano y fueron hacia el río. A los sones de nuestra marcha, fueron hundiéndose más y más, hasta que las olas pusieron fin a su martirio.

Repito: me resultaba agobiante contemplarlos y me marché corriendo.

—Sólo quiero echar un vistazo a la sala de máquinas –dije, y me puse en camino.

Me preguntaron algo y creo que se trataba de la cantidad de voltios que debían emplearse para la explosión del despegue y cuánta carga de agua necesitábamos para la cisterna de popa. En mi interior parecía haber un grabador que, rápido y preciso, contestaba a todas las preguntas, mientras yo seguía el hilo de mis propias ideas.

De pronto tropecé con alguien en el pasillo y con este obstáculo empezó de verdad la cosa.

Se deslizó a mi lado un uniforme gris y un rostro todavía más ceniciento, y durante unos segundos vi debajo de su frente abombada, cubierta y oculta por largos cabellos, unos ojos profundamente hundidos. Se trataba de aquel individuo de entonces. Sabía que estaba aquí y que ya no tenía ninguna escapatoria, que sólo me quedaban unos minutos.

Sentí temblar todo mi cuerpo (y el temblor ya no terminó hasta el mismo final); era como si hubieran acoplado en mi interior un gigantesco motor, pero mi cuerpo era de construcción demasiado ligera, por lo que temblaban todas sus paredes, sus válvulas, sus cables, travesaños y vigas y, también, todas sus luces.

No sabía si ella ya había llegado. Pero tampoco me quedó tiempo para cerciorarme, tenía que volver al puesto de mando, era el momento del despegue. Pero, ¿hacia dónde?

Unos rostros cenicientos y sin brillo.

Abajo, sobre el agua, un cielo plomizo y pesado como mi mano que tomó el auricular del teléfono:

—¡Despegue… 45 grados!

Una explosión espantosa, un impulso endeble, una montaña de agua gris blancuzca en popa. La cubierta se balancea bajo mis pies y todo se hunde en la profundidad, toda la vida, para siempre.

Durante un segundo veo los contornos azul-helados de la ciudad, las pústulas redondas de las cúpulas, el desierto y solitario dedo de la torre de los acumuladores. Luego una cortina de nubes de algodón gris. Las dejamos atrás. Y luego el sol, el cielo azul. Segundos, minutos y millas. El azul se vuelve más oscuro, y las estrellas parecen gotas de sudor plateado.

Se hace de noche, una noche de estrellas terriblemente agobiadoras y ardientes: noche de sol. Hemos abandonado la atmósfera terrestre. Pero el cambio, la transformación es tan repentina, que todos callan sorprendidos. Sólo yo me siento aliviado y feliz acompañado de mi corazón bajo este sol silencioso, como si hubiera traspasado el umbral inevitable, y como si mi cuerpo se hubiera quedado allá abajo, donde corro a través de un nuevo mundo y todo se vuelve diferente.

–¡Mantengan el mismo curso! –grité a la sala de máquinas. Pero no, no era yo el que gritaba, sino aquel grabador de mi interior, que con su brazo artificial tiende el auricular al Segundo Constructor. Estoy durante todo el tiempo traspasado por un leve temblor que sólo yo puedo determinar y desciendo corriendo para buscarla.

¡A ella!

Llego a la puerta de la cámara de oficiales (en una hora la cerraré ruidosamente). Al lado de la puerta hay un desconocido con una cara vulgar, una cara que no se destaca para nada entre la multitud. Sólo sus brazos son extraordinariamente largos, que le llegan hasta las rodillas, como si por una equivocación le hubieran correspondido los de un ser más corpulento. Extiende con gesto alarmado e imperativo la mano que va unida a este largo brazo.

–¿Adónde va?

Por lo visto no tiene la menor idea de que estoy enterado de todo.

Le digo con voz bastante cortante:

–Soy el Constructor del Integral y vigilo todas las maniobras, ¿entendido?

Los brazos caen inertes.

Luego estoy en la cámara de oficiales. Unas calvas amarillentas se inclinan encima de los mapas e instrumentos. Los examino brevemente, doy media vuelta y voy corriendo a la sala de máquinas. Válvulas ardientes, que esparcen un calor insoportable; unas palancas brillantes giran como en una danza loca y tiemblan tenuemente; van moviéndose las manecillas en los manómetros y en los relojes sin detenerse un momento.

Por fin vuelvo a ver aquel individuo de las cejas espesas; está sentado, con un libro de notas en la mano, al lado del tacómetro.

–¿Oiga, está ella aquí? ¿Dónde está?

Él me sonríe:

–¿Ella? Está en la cabina de transmisiones.

Me precipito hacia la cabina.

En la cabina radiotelegráfica hay tres personas, todas con los auriculares puestos, que me recuerdan unos cascos alados. Ella parece más alta que nunca, está radiante como una valquiria de la antigüedad. Grito todavía jadeante de tanto correr

–Tengo que dar una nota radiográfica… Venga, se la dictaré.

Al lado del cuarto del instrumental hay una pequeña cabina. Nos sentamos en la mesa. Tomo su mano y la estrecho firmemente.

–¿Qué sucederá ahora?

–No lo sé. Es magnífico, volar así, sin saber adónde. Pronto serán las doce. ¿Dónde estaremos los dos esta noche? Tal vez en una pradera, tumbados sobre unas hojas amarillentas y marchitas.

Tiemblo cada vez más y le digo:

–Escribe. "Hora: 11.30. Velocidad: 6.800…".

Sin alzar la vista me responde:

–Anoche vino ella con tu nota… Lo sé todo, y no hace falta que me expliques nada. Es tu hijo, ¿verdad? Me la he llevado. Ya está al otro lado del Muro. Vivirá.

En la cabina de mandos. El espacio oscuro de la noche con sus innumerables y fulgurantes estrellas y un sol que ciega la vista: la manecilla del reloj de pared camina pesadamente de un minuto a otro y todo está bañado por una niebla leve, todo tiembla.

"Menos mal que la revolución estallará no aquí, sino más abajo, más cerca de la Tierra", se me ocurre pensar de pronto.

–¡Alto! –grito en la sala de máquinas.

Nuestra velocidad se reduce poco a poco. De pronto el Integral queda suspendido, inmóvil por un instante en el aire, y luego se precipita hacia abajo como una piedra, cada vez con más velocidad. Sin cambiar palabra alguna, volamos durante diez largos minutos (oigo entretanto mi propio pulso) y la manecilla del reloj se va acercando a las doce. Soy una piedra, existen sólo la Tierra y yo; la piedra que fue lanzada por alguien al aire, ha de caer y llegar a la Tierra.

A mis pies veo ya el vapor azulado y denso de las nubes. Pero, ¿qué pasaría si nuestro plan fracasara?

El grabador de mi interior vuelve a tomar el auricular y ordena:

—¡A media velocidad, adelante! —La piedra queda suspendida en el aire. Cuatro grandes bultos, dos en la proa y dos en la popa, son sacados al exterior para detener la marcha del Integral y así flotamos más o menos un kilómetro encima de la Tierra, en el aire.

Todos suben a cubierta (en seguida darán las doce).

Se inclinan por encima de la baranda cristalina y contemplan el mundo desconocido al otro lado del Muro que se extiende ante nuestra vista. Amarillo fuerte, verde, azul, un bosque otoñal, una pradera y un lago. Al borde de aquella pequeña fuente azulada se alzan unas ruinas y a su lado parece amenazar un dedo gris y reseco, debe de ser la torre de una antigua iglesia, conservada como por un milagro.

—¡Mire allá, a la derecha!

Proyectada sobre la llanura verde, una sombra marrón. Mecánicamente alzo mis prismáticos: es una manada de caballos que galopan con sus colas ondeantes a través de la pradera y los montan hombres morenos, blancos y negros.

A mis espaldas suena una voz:

—¡Puede creerme, acabo de ver un rostro!

—¡Eso dígaselo a otro!

—Mire a través de los prismáticos.

Pero ya han desaparecido. Aquel desierto verde se extiende hasta el infinito. Escucho un timbre agudo: la hora del almuerzo; falta un minuto para las doce.

Vuelvo a la cabina de oficiales. En la escalera encuentro abandonada una insignia dorada que cruje cuando la piso. Alguien dice:

–Y, sin embargo, era un rostro.

Un cuadrado oscuro: la puerta de la cabina de oficiales abierta. A mi lado hay unos dientes muy blancos y con unos sones insoportables comienza a sonar despacio, muy despacio, el reloj. Las primeras filas se ponen en movimiento. De pronto, dos brazos muy largos cierran el paso.

–¡Alto!

Unos dedos duros se clavan en la palma de mi mano. I susurra:

–¿Qué significa esto? ¿Lo conoces?

–No. Pero ¿no es este? ¿Acaso no es?

Entretanto, el hombre de las facciones vulgares dice:

–Escuchen todos, en nombre del Protector. Estamos enterados. No conocemos todavía sus números, pero lo sabemos todo. Ustedes no tendrán el Integral. No intenten dar un solo paso. El vuelo de prueba se realizará hasta el final. –Y añade–: Esto es todo lo que tengo que decir.

¡Silencio! Las planchas de cristal bajo mis pies se han vuelto blancas como el algodón, como mis propias piernas. I chisporrotea unas llamas violentas, salvajes y azules y musita cortante en mis oídos:

–¡De modo que fue usted! Así es como ha cumplido con su indigno "deber".

Retira violentamente su mano de la mía y me deja plantado. Regreso solo a la cabina de oficiales, silencioso como los demás.

"¡Pero si yo no he sido! ¡A nadie le he dicho ni una sola palabra, sólo a estas páginas silenciosas!". Esa es la exclamación dolorosa que se repite en mi cerebro. Ella está sentada en la mesa frente a mí y no se digna mirarme.

Oigo cómo dice a la calva amarillenta que está a su lado:

—¿Nobleza? Mi querido profesor, un análisis filológico de esta palabra ya demuestra en sí que aquí se trata tan sólo de un prejuicio, de un resabio de los tiempos feudales. Nosotros, en cambio...

Me doy cuenta de que voy palideciendo y pronto todos se darán cuenta. Pero el grabador de mi interior realiza automáticamente los movimientos descriptos para cada uno de los bocados: esos 50 movimientos maxilares de masticación. Y me encojo como un caracol en su concha, impenetrable; luego, es como si arrastrase unas piedras hasta delante de la puerta, y bloqueara una tras otra todas las ventanas.,

Después me veo con el auricular del teléfono en la mano, y comienza el vuelo a través de las nubes hacia la noche solar, terriblemente fría e iluminada por los astros. Probablemente, durante todo el tiempo un motor lógico ejecuta las mismas revoluciones en mi interior, en algún lugar del espacio azul veo de pronto esta imagen: mi escritorio, encima mis anotaciones y U que observa todo. ¡Sólo ella puede habernos delatado!

¡Rápido! A la cabina de la radio. Recuerdo que le dije algo y que ella me atravesaba con la mirada como si fuera de cristal:

—Estoy ocupado. Estoy tomando precisamente un radiograma de abajo.

Reflexiono durante un minuto y luego digo con voz firme:

—Hora: 14.40. Aterrizaje. Parar los motores. Todo terminado.

De nuevo en la cabina de mando. El corazón mecánico del Integral se para y caemos al igual que mi corazón, que no tuvo tiempo para caer. Todo se para y también mi corazón de pronto se detiene, pero ya en la misma garganta. Hay unas nubes en la lejanía y hay también una mancha verde, que se nos acerca como un torbellino.

Pronto todo habrá pasado.

El rostro blanco y totalmente alterado del Segundo Constructor aparece súbitamente. Creo que me da un golpe con todas sus fuerzas. No sé dónde voy a parar ni contra qué da mi cabeza, y oigo a través de una densa bruma:

–Motores a popa. A toda fuerza. ¡Adelante!

Un violento brinco hacia arriba, y lo que sucede luego no lo sé.

35
Un fleje rodea mi cabeza.
Una zanahoria.
¿Un homicidio?

No he dormido en toda la noche. He pensado continuamente en esta y en otras cuestiones, pero siempre llego a la misma conclusión.

Mi cabeza, desde el accidente de ayer, está vendada. Pero siento que no se trata de una venda, sino de un aro, de un fleje doloroso de acero y de que me muevo siempre en un solo y mismo círculo mágico: matar, matar, matar, para ir luego a verla y decirle: "¿Me crees ahora?".

Me enfurece que matar sea un oficio tan sucio, el solo pensamiento de que puedo hacerlo produce en mi boca un sabor amargo y simultáneamente repugnantemente dulzón; ni siquiera soy capaz de tragar saliva y la tengo que escupir a un pañuelo. Mi boca está reseca.

En mi armario hay una pesada barra de metal que se había agrietado al fundirla (había querido analizar la parte defectuosa con el microscopio). Puse mis anotaciones en un rollo y en el centro de este introduje la barra y bajé al vestíbulo. La escalera parecía no terminar nunca, los escalones eran resbaladizos y durante todo el tiempo tenía que ir limpiándome la boca con el pañuelo.

U no estaba, su lugar aparecía vacío. Entonces me acordé de que hoy no se realiza ningún trabajo. Todos tenían que ir a la operación.

Salí de la casa: viento. Unos trozos de hielo gris revoloteaban por el cielo. Todo parecía estar roto o partido en virutas puntiagudas que caían violentamente, que flotaban delante de mi rostro en el aire por unos segundos y luego se evaporaban sin dejar rastro.

En las calles había un barullo enorme. La gente no marchaba en filas ordenadas como siempre, sino que corría alocadamente de un lado a otro. También yo comencé a correr tan rápido como podía. De pronto me detuve, me sentí como clavado al suelo: en el segundo piso de cierta casa observé en una jaula de cristal, que parecía flotar en el aire, a un hombre y una mujer abrazados apasionadamente. Un último beso, un adiós para siempre.

En una esquina cualquiera había un puñado oscilante y piramidal de cabezas. Encima ondeaba crepitante una bandera que decía: "Abajo la máquina, abajo la operación".

Pensé: "¿Es que también a ellos, a los otros números, puede martirizarlos un dolor, del cual solo se les puede liberar arrancándoles el corazón? ¿Es que todos ellos han de hacer todavía algo, antes de que se les 'cure'?". Me invadió esta duda, como una pregunta, como un rayo. Durante unos instantes nada existía para mí en el mundo a excepción de mis manos peludas con el rollo de papel disimulando la barra de hierro.

En ese instante me crucé con un pequeño colegial que lloraba desesperado. Lo detuve, preguntándole por U.

—Seguro que está todavía en el colegio —fue su respuesta—, pero tendrá que apurarse.

¡Pronto! A la más próxima estación del subterráneo. A la entrada alguien aclaró gritando:

—Hoy no circulan los trenes.

Aquel buen sujeto no dijo más, había pasado como un vuelo.

Descendí por las escalinatas. Abajo había un tren frío, vacío. En los andenes, una gran multitud. Silencio. Y, en medio del silencio, una voz. No pude ver nada, pero era su voz, la conocía demasiado bien. Y grité:

—¡Déjenme pasar!

Alguien me agarró del brazo y preguntó con voz tajante:

—No, no vuelvan arriba, allí los curarán, allí los alimentarán con felicidad. Quedarán satisfechos y dormirán pacíficamente. ¿No oyen la gran sinfonía de los ronquidos? Quieren librarnos de las incógnitas, de todas las incógnitas que roen en nosotros como gusanos.

"Pero ustedes que están ahí, escúchenme—decía yo en mi interior—. Apúrense en subir para la gran operación. ¿Qué importa que yo me quede aquí, absolutamente solo? ¿Qué importa que yo quiera lo imposible?".

Otra voz decía:

—Buscas lo imposible. Persigue tus descabelladas fantasías todo el tiempo que quieras; a fin de cuentas, ellos no te mostrarán otra cosa que su látigo. Pero ya tomaremos nosotros ese látigo y entonces...

—...entonces se hartarán cuanto quieran, dormirán y pronto necesitarán otro látigo para reaccionar. En tiempos inmemoriales existían unos animales llamados burros por nuestros antepasados. Para obligarlos a caminar solían colgar ante sus hocicos un manojo de zanahorias, de manera que no pudieran alcanzarlo. Pero si alguna vez lo conseguían, se lo tragaban entero, de un solo bocado.

De pronto me sentí libre, me precipité hacia el centro, donde ella estaba hablando, y en el mismo instante se dispersaron todos en un abrir y cerrar de ojos. De arriba se escuchaba un grito:

—¡Vienen, ya vienen!

Se apagó la luz. Por lo visto, alguien había cortado los cables.

Una gran avalancha, gritos, jadeos, cabezas, manos...

No sé cuánto duró aquella caminata a través del túnel negro como la noche. Por fin, unos escalones, luz, claridad: nos encontrábamos de nuevo en la calle. La multitud se dispersó y me quedé solo. Viento, unas nubes plomizas a muy poca altura, encima de mi cabeza, y la luz difusa del atardecer, amenazando tormenta. En la calle se reflejaban las luces, los muros y las siluetas. El rollo de plomo en mi mano me obligaba a doblarme casi hasta el suelo con su peso. U seguía en su mesa, en el vestíbulo. Su habitación permanecía oscura.

Fui a mi cuarto y encendí la luz. Aquella presión de acero que martirizaba mis sienes apretaba cada vez con mayor fuerza. Desde la mesa, donde había dejado el pesado rollo, fui hacia la cama, luego otra vez a la puerta y otra vez a la mesa, como si me rodeara una pared mágica. En el cuarto de la izquierda estaban corridos los cortinajes. A la derecha vi una calva que se inclinaba sobre un libro: la frente era una parábola amarilla, enorme, y las arrugas que la surcaban unas líneas amarillentas, indescifrables. Cada vez que tropezaban nuestras miradas, intuía que aquellas arrugas tan elocuentes se relacionaban conmigo.

Habían dado ya las 21 horas. U vino a verme. Mi respiración era tan ruidosa que yo oía mi propio aliento. Traté de dominarme pero no lo conseguí.

U se sentó, intentando bajar la pollera hasta tapar sus rodillas. Temblaba.

—¡Mi querido amigo! Pero ¿está herido de veras? Acabo de enterarme.

El rollo estaba encima de la mesa, a mi alcance. Jadeando dificultosamente, me incorporé con violencia. Ella se interrumpió en medio de la frase, levantándose a su vez. Yo sentía un sabor repugnante y dulzón en la boca. No encontré el pañuelo y escupí en el suelo.

No debía presenciarlo mi vecino de al lado. De lo contrario, todo empeoraría. Pulsé el botón, a pesar de que no tenía derecho a hacerlo, pero ya nada me importaba. Los cortinajes se corrieron.

Por lo visto, ella se daba cuenta de mis intenciones y corrió hacia la puerta. Pero me adelanté, jadeando violentamente y le impedí el paso.

—¡Usted está loco! ¡No se atreva a tocarme!

Retrocedió y se desplomó sobre la cama. Temblando, con las manos cruzadas en el regazo, se quedó acurrucada. Seguí mirándola fijamente y, juntando todas mis energías, alcé la mano en dirección a la mesa hasta alcanzar el rollo.

—¡Por favor, se lo ruego, espere un día, un solo día! Mañana vendré y haré todo lo que quiera ¡Todo!

¿Qué quería decir con sus palabras? Alcé la mano y...

¡Sí, la maté! Usted, lector desconocido, puede llamarme asesino. Sé que la habría golpeado su cabeza con el rollo si ella no hubiera exclamado siempre temblando:

—¡Por la salud del Protector estoy dispuesta!

Con manos temblorosas se arrancaba el uniforme. Su cuerpo obeso, amarillo y lacio esperaba encima del lecho. Había creído que si corría los cortinajes, era por esta razón. ¡Todo resultó tan grotesco que acabé por lanzar una ruidosa carcajada! Y en el mismo instante pareció romperse en mi interior un muelle demasiado tenso: mi mano se desplomó inerte y el rollo cayó al suelo. La risa es el arma más mortífera que existe. Con la risa se puede matar, asesinar a todo, incluso a la misma muerte. El reconocimiento de esta verdad fue para mí como un relámpago.

Sentado en la mesa, una risa violenta sacudía mi cuerpo. Era la risa de la desesperación. No sé lo que habría sucedido, si todo hubiera marchado por los cauces obligadamente normales. Pero en el mismo instante zumbó el teléfono. Podía esperar cualquier cosa menos eso.

Tomé con rapidez el auricular. Pensé que tal vez fuera I. Una voz conocida dijo:

—¡Un instante!

Un zumbido agobiante, prácticamente interminable. Luego oí unos pasos ruidosos y lentos, cada vez más fuertes, que sonaron al final como unos martillazos sobre el acero.

—¿D-503? Aquí el Protector al habla. ¡Venga a verme inmediatamente!

U seguía echada encima de la cama con los ojos cerrados. Recogí de un manotazo sus ropas tiradas en el suelo y echándoselas, musité:

—¡Váyase!

Se incorporó, expresando una gran sorpresa en su mirada:

—¿Cómo?

—¡Vístase y rápido!

Se encogió como bajo un latigazo, tomó su vestido mientras decía muy triste:

—¡Vuélvase!

Así lo hice, apoyando la frente en el muro cristalino y frío. En la superficie reflejante, negra y húmeda, pestañeaban unas luces, siluetas y chispas. ¡No!, pero si era yo, era lo que había en mi interior.

¿Por qué me había llamado? ¿Ya lo sabía todo?

U, ya vestida, se dirigía hacia la puerta. Di dos pasos y apreté sus manos tan fuertemente, como si quisiera exprimirlas gota a gota para saber todo aquello que quería.

—Escuche. ¿Ha dado el nombre de ella? Sabe a quién me refiero. ¿La ha delatado? Dígame la verdad, tengo que saberlo. Todo lo demás no tiene la menor importancia.

—¡No!

—¿No? ¿Y por qué no? ¿Es que no ha hecho la denuncia?

U tenía la boca desfigurada; el labio inferior le caía mientras por sus mejillas se deslizaban unas gruesas lágrimas.

—Tenía miedo de que si la detenían a ella tal vez usted ya no me amaría. No me amaría. ¡Oh, ya no puedo más!

Sin duda decía la verdad, una verdad estúpida, ridícula, pero humana.

Abrí la puerta.

36
Páginas en blanco.
El dios de los cristianos.
Mi madre.

¡Qué extraño!, mi memoria es como una hoja en blanco, vacía; ya no sé cómo fue el decidirme ir a verlo a Él, ni cuánto lo estuve esperando (sólo recuerdo que tuve que esperar). No recuerdo ni un solo ruido, ningún rostro, ni tampoco gesto alguno; no he podido retenerlos en la memoria. Fue como si todas las relaciones entre el mundo y mi persona quedaran totalmente cortadas.

Recuperé la conciencia, únicamente, al encontrarme cara a cara con Él. Sentí un miedo horroroso al alzar la vista, que tenía clavada en las enormes manos que descansaban en sus rodillas. Esas manos amenazaban aplastarle, y las piernas parecían ceder lentamente bajo su peso.

Movía pausadamente los dedos. Su rostro estaba muy alto, en algún lugar indeterminado, como envuelto por una nebulosa, pero quizás era sólo que su voz trascendía hasta mí como viniendo de las alturas, y solamente por esta razón, por lo distante, esta sonaba no como un trueno, turbándome los sentidos, sino como una simple voz humana, corriente y nada extraña.

—¿De modo que también usted? ¿Usted, el constructor del Integral? ¡Usted, el que era llamado a ser un gran conquistador, a iniciar una época nueva y esplendorosa en la Historia del Estado Único! ¡Usted!

Enrojecí ¡y otra vez me encontré ante una página en blanco! Sentí el martilleo de mi sangre en las sienes y el tronar de la voz en las alturas, pero no capté el sentido de ni una sola de sus palabras. Cuando calló, volví a recuperar la conciencia y vi que la mano de delante de mis ojos se movía. Como si pesara una tonelada, se me acercaba más y más, y un dedo se alzó para señalar mi pecho:

—Bien, ¿por qué no dice nada?, ¿es que soy un verdugo? ¿Sí o no?

—Sí —respondí en tono humilde. Ahora comprendía cada una de sus palabras.

—¿Es que supone que le tengo miedo a esa palabra? ¿Ha intentado alguna vez romper el caparazón para descubrir lo que se oculta en el interior de los hechos? Se lo diré: una colina azulada, una cruz y delante una multitud. ¿Se acuerda? Las víctimas salpicadas de sangre gimen por el cuerpo clavado en la cruz, los otros, llenos de lágrimas, lo contemplan. ¿No cree también que el papel de los superiores es el más difícil e importante? Sin ellos, ¿cómo habría podido consumarse la solemne tragedia? Fueron repudiados por la multitud oscura y anónima y, por esta razón el autor de la tragedia, es decir, aquel dios, había de premiarlos tanto más por ello. El piadoso dios de los cristianos, que hace quemar a todos los herejes en las llamas del infierno, ¿acaso no es un verdugo?

”¿No cree que el número de los cristianos que han sido quemados en la hoguera es mucho más reducido que el de los cristianos que se queman en el infierno? Y, sin embargo, escúcheme bien, ¿no se ha glorificado a ese dios, el amor de este gran dios durante siglos?

”Pero aquí en el Estado Único no, al contrario, aquí se trata del testimonio trazado con la sangre del inestimable raciocinio del hombre. Incluso antes, durante el cristianismo, siendo todavía salvaje, el hombre ya comprendía que el verdadero amor al prójimo es inhumano y la mayor característica de la verdad es su crueldad. Así como la característica del fuego es la circunstancia de que queme. ¿Puede mencionarme un fuego que no queme? Pues nómbrelo; contradígame, diga algo".

¿Cómo iba yo a contradecirlo? Lo que exteriorizaba Él, eran mis propias ideas; sólo que yo jamás las había llegado a comprender, ni había sabido envolverlas en una coraza tan firme, fuerte y brillante. Me callé.

—Si su silencio significa que me da la razón, entonces hablemos amigablemente, como dos personas maduras, cuando los niños ya se han ido a la cama. Y tengo que preguntarle: ¿por qué causa los hombres, desde la misma cuna, han rezado siempre? ¿Por qué han soñado y por qué se han torturado siempre? ¿Solamente para que uno definiese, uno de todos ellos, y para siempre, lo que es la felicidad y los atase a golpes de maza a esa felicidad?

"¿Acaso no es precisamente esto lo que hacemos? El hermoso sueño del Paraíso... ¿lo conoce? En el Paraíso, los hombres ya nada desean, nada anhelan, allí ya no conocen la compasión ni el amor, allí solamente existen almas dichosas, a las que se les ha extirpado la fantasía con una operación (de lo contrario no serían felices).

"Y en el instante en que traducimos a la realidad este sueño, en el instante en que podemos hacerlo real —aquí apretó los puños como si quisiera exprimir una piedra—, cuando ya solamente nos hace falta destripar la presa y repartir el botín viene usted, y...".

Aquel tronar metálico se apaga repentinamente. Me siento como una barra candente bajo los golpes de un martillo. De pronto me pregunta:

—¿Qué edad tiene?

—Treinta y dos.

—¡Vaya, treinta y dos y es dos veces más ingenuo que un muchacho de dieciséis! ¿Jamás se le ha ocurrido pensar que esta gente (aún no sabemos sus nombres, pero estoy seguro de que los sabremos por usted), que esta gente solamente lo necesita porque es el constructor del Integral?

—¡No, no es cierto! —grité.

—Es como si quisiera protegerse contra la bala de un fusil, esgrimiendo un "no es cierto" como si fuera un escudo, cuando el proyectil ya ha causado su impacto, y se revuelve herido en el suelo.

¡Sí! Al que necesitaban era al constructor del Integral. Veo el rostro furioso de U en mi imaginación, cuando, aquella mañana está con ella en mi cuarto. Con ella, con I. Mi risa es como una explosión violenta y ruidosa, mientras alzo la vista. Y delante de mí veo por vez primera a un individuo con la calva de un Sócrates, y en la calva hay pequeñas gotas de sudor.

¡Cuán simple, cuán banal y ridículo es todo!

Casi me muero de risa, me tapo la boca con la mano y salgo corriendo.

Escalones, viento, destellos de luces y rostros. "Tengo que verla, aunque sea por última vez, una sola vez, pero tengo que verla", voy pensando. Y ahora ha de seguir otra página en blanco. Solamente recuerdo cierto detalle: pies, no hombres ni individuos, sino pies, simplemente miles de pies en la calle, una espesa lluvia de pies. Una canción salvaje y atrevida y una llamada, un grito que probablemente es para mí:

—¡Eh, eh, aquí! ¡Venga con nosotros!

Veo una plaza desierta y en el centro una masa oscura, amenazadora: la máquina del Protector. Esta me produce una imagen terrorífica, una almohada terriblemente nítida, una cabeza echada hacia atrás con los ojos cerrados y una hilera de blancos dientes. Todo esto se relaciona con la máquina de un modo fantasmagórico e inquietante. ¡Lo sé, pero no quiero reconocerlo, no decirlo en voz alta, no puedo!

Cierro los ojos y acabo por sentarme en los escalones que conducen a la máquina. Creo que llueve, ya que de pronto mi rostro está bañado de humedad. A gran distancia se oyen unos gritos ahogados. Pero nadie oye mis gritos: "¡sálvenme, sálvenme!".

Si tuviera madre, como nuestros antepasados tenían, yo no sería para ella el constructor del Integral, ni el número D-503, ni una molécula del Estado Único, sino simplemente una persona, una parte de su propio ser, una parte de su yo; una mísera piedra, herida, repudiada, pero ella me escucharía y me consolaría.

37
Infusorios.
El fin del mundo.
Su cuarto.

Por la mañana, a la hora del desayuno. Mi vecino me susurró asustado al oído:

—¡Coma, coma, lo están vigilando!

Sonreí haciendo de tripas corazón, pero tenía la sensación de tener partido el rostro en dos mitades. Y el abismo entre ambas mitades se profundizaba cada vez más: el dolor era insoportable.

Intenté comer. Pero apenas llevaba un bocado a la boca, el tenedor en mi mano comenzaba a temblar para caer ruidoso sobre el plato. Una detonación monstruosa pareció remover la casa hasta sus más profundos cimientos, las paredes, los platos, las mesas, hasta el aire vibraban, temblaban y tintineaban. Caras alteradas y pálidas como la ceniza, bocas abiertas y tenedores que habían quedado en el aire, petrificados en su corta trayectoria.

Luego, todo se salió de los cauces establecidos: todos se levantaron violentamente de sus asientos (¡sin cantar el himno hasta el final!), masticando unos, dándose codazos otros, empujándose mutuamente y gritando "¿qué ha sido?". Como los restos de una máquina reventada de golpe, que un instante antes aún ha funcionado a la perfección, todos se precipitaron en un terrible caos hacia el ascensor y las escaleras.

En los escalones se oían pasos rápidos y palabras sueltas.

En todas las casas vecinas el mismo panorama, la misma escena. Al cabo de un minuto, todo el Prospekt parecía una gota de agua debajo del microscopio: una incontable cifra de infusorios corría locamente, sin orden ni concierto, de una parte a otra.

—¡Ajá! —exclama una voz triunfante. Delante de mi cara apareció una mano y un dedo dirigido hacia el cielo. Todavía veo en la memoria la uña amarillenta, se me aparece claramente. Y aquel dedo fue como una brújula, todas las miradas se elevaron hacia el cielo. Arriba pasaban rápidas unas nubes, y a su lado se atropellan veloces los aviones, las aeronaves de los protectores con sus largos periscopios dirigidos hacia la tierra. Pero en occidente, más arriba del cenit, había algo.

De momento nadie reconoció lo que era. Ni siquiera yo, que (por desgracia) sabía más que los otros. Se parecía a un enjambre enorme de aeronaves. Se acercaban rápidamente, eran como unos pájaros que volaban por encima de nuestras cabezas. La tormenta los azotaba empujándolos hacia el suelo. Se posaron en las cúpulas, los tejados y los balcones.

—¡Ajá! —El individuo que me enseñaba la nuca se volvió y reconocí al hombre de las cejas gruesas. Pero su aspecto estaba cambiado, era como si hubiera salido de atrás de su abombada frente y en sus ojos había un brillo claro. Estaba sonriendo.

—¡El Muro se ha derrumbado, está derruido! —me gritó en medio del aullido del viento y del aleteo de los pájaros.

Al final del Prospekt unas siluetas huían, corrían con las cabezas adelantadas para refugiarse en el interior de la casa. En el centro de la calle, la pesada avalancha de los recién operados estaba moviéndose hacia occidente en dirección al Muro Verde.

—¡Dígame!, ¿dónde está ella? ¿Detrás del Muro Verde o aquí? ¡Tengo que verla! ¿Me comprende? ¡Tengo que verla, enseguida!

Tomé al individuo por el brazo con intención de no soltarlo si no recibía una respuesta.

—¡Está en la ciudad, trabaja! —me respondió el hombre con expresión radiante—. ¡Sí, trabajamos y de qué manera!

A su alrededor se agrupaban unos cincuenta individuos, parecidos a él (todos parecen haber salido de atrás de sus frentes abombadas, sus dientes blancos relucen). Aspirando la brisa y haciendo señales con porras de carga eléctrica (¿de dónde las habrán conseguido?) marchan detrás de los operados hacia occidente, pero dando un cierto rodeo.

Me voy corriendo a su casa. ¿Para qué? No lo sé. Calles desiertas, una ciudad extraña, salvaje, incesantes graznidos de pájaros, de tonadas victoriosas. Es el fin del mundo. En algunas viviendas, los números masculinos y femeninos se abrazan estrechamente sin correr siquiera los cortinajes, sin billetes rosa, a pleno día.

Por fin llego a su casa. La puerta está abierta de par en par. En la mesa de control del vestíbulo no hay nadie. El ascensor está suspendido a medio camino entre un piso y otro. Jadeante, voy recorriendo los incontables e interminables peldaños. Un nuevo pasillo, números 320, 326, 330, I-330.

En su cuarto hay un terrible caos. La silla está derribada y alza sus cuatro patas como el cadáver de un animal muerto. La cama ha sido separada de la pared y está en posición oblicua. El suelo aparece literalmente cubierto por billetes rosa. Me doblo y agarro varios. En todos aparece mi número: D-503. No, no deben seguir tirados por el suelo, nadie los pisará. Los tomo, uno por uno, poniéndolos sobre la mesa, donde los voy alisando con cuidado, los contemplo y me río a los gritos.

Ahora sé algo que ignoraba hasta este preciso instante: la risa puede tener dos bases fundamentales distintas. Puede ser el lejano eco de una explosión interior; como si hubieran estallado unos cohetes azules, rojos y dorados, o como si los jirones de un cuerpo humano destrozado hubieran sido lanzados al aire. En uno de los billetes leo un nombre totalmente desconocido. Ya no recuerdo la cifra, pero sí la letra: F. Con un gesto de rabia tiro los billetes de la mesa, los piso alocadamente y salgo corriendo.

En el pasillo me siento en una de las repisas de la ventana y espero. Por la izquierda se acercan unos pasos vacilantes. Es un individuo viejo, su rostro no es más que una burbuja reventada por un pinchazo; arrugada y vacía. De aquel agujero, como de una herida, gotea algo por encima de sus mejillas. Lenta y oscuramente voy comprendiendo: son lágrimas.

Únicamente cuando el viejo ya se ha alejado, me recupero para gritarle:

—¡Oiga! ¿Conoce a I-330?

Se vuelve, me dice que no con un gesto desesperado y cojeando sigue su camino. Al caer la noche vuelvo a mi casa. En el occidente, el cielo parece contraerse en convulsiones azul pálido y a cada convulsión sigue el sonido de un trueno. Los tejados están literalmente cubiertos por un incendio negro, consumidos, convertidos en cenizas: los pájaros.

Tengo miedo y el sueño me asalta como una bestia salvaje.

38
No hay síntesis.
O tal vez sea la colilla de
un cigarrillo abandonada.

Me despierto. Reina una luz cegadora en la habitación. Cierro nuevamente los ojos; en mi cabeza hay un humo asfixiante y ácido, como un vapor venenoso. Y a través de la niebla se abre paso una idea: "pero si no he encendido la luz", y me incorporo sobresaltado. En la mesa veo a I, sentada y mirándome burlonamente.

Ahora estoy sentado en esta mesa y escribo. Los diez o quince minutos que ella estuvo aquí han pasado ya hace mucho, pero aún me parece que ahora mismo se ha acabado de cerrar la puerta y que aún me sería posible darle alcance. Yo la tomaría de la mano y, tal vez, ella se reiría, diciendo... pero...

I estaba sentada junto a la mesa, efectivamente. Me levanté de un salto:

—¡He visto tu habitación, no sabía dónde estabas!

Me detuve. Me acordé de que en el Integral me había mirado del mismo modo. Por eso creí necesario tener que contárselo todo inmediatamente, pero de modo que me creyese.

—Escucha, I, quiero explicarte, contártelo todo. Pero déjame tomar antes un poco de agua.

Mi boca estaba tan reseca que parecía forrada con papel secante. La llené de agua pero no me pasaba por la garganta. Dejé el vaso encima de la mesa y agarré el botellón con ambas manos.

Entonces me di cuenta de que el humo azulado provenía del cigarrillo que había entre sus dedos. Ella fumó y dijo:

—Dejémoslo. Además, ¿qué importa? Ya ves que, a pesar de todo, he venido. Abajo me están esperando, solamente disponemos de diez minutos.

Echó el cigarrillo al suelo y se subió en el sillón con los pies encima del respaldo (allá, en la pared estaba el botón, difícil de alcanzar) hasta el extremo, de que el sillón se balanceó sobre dos de sus patas solamente. Y se corrieron los cortinajes.

Luego se me acercó, acurrucándose contra mi pecho, pegándose a mi cuerpo. El contacto de sus rodillas era como un dulce veneno que me hacía olvidar todo. Seguramente le habrá ocurrido también, desconocido lector, que algún día cuando está durmiendo profundamente se sobresalta, se incorpora y está totalmente consciente de sí. Así me sucedía ahora: pensé en la letra F y en cierta cifra, cualquiera. Todo esto se me acumuló ahora como una masa en el interior. Ni siquiera puedo decir qué sensación era aquella, pero de todos modos la apreté tanto contra mi pecho que exhaló un grito de dolor.

Un solo minuto después, su cabeza se encontraba encima de la almohada blanca, con sus ojos cerrados. Aquello me arrastraba a recordar todo el tiempo algo que bajo ningún concepto debía de afirmárseme claramente. La acariciaba cada vez con mayor vehemencia, cada vez con más pasión y cada vez se destacaban más claras y azules las marcas que dejaban mis dedos.

Sin abrir los ojos me dijo:

—He oído decir que has estado con el Protector. ¿Es cierto?

—¡Sí, es cierto!

Abrió los ojos y observé con alegría que su rostro palidecía y se apagaba hasta desaparecer. Solamente los ojos seguían vivos. Se lo conté todo. No, algo no le dije. No sé por qué. No, no es verdad, sé por qué le silencié lo que Él había dicho al final; que me necesitaban porque soy el constructor del Integral.

Muy lentamente, al igual que una placa fotográfica en el revelador, su rostro volvió a tomar forma. Se levantó y fue hacia el armario. Mi boca estaba reseca. Eché agua en el vaso, pero no me sentía capaz de beber un solo sorbo. Dejé el vaso encima de la mesa y pregunté:

—¿Has venido solamente porque querías enterarte de todo?

A través del espejo pude observar su rostro irónico. Se volvió, quiso decir algo, pero lo pensó mejor. Aun así, me di cuenta.

¿Tenía que decirle adiós? Hice un gesto: las piernas no me obedecían, se me doblaban. Tropecé con la silla que cayó y allí se quedó como si hubiera muerto.

Cuando se fue, me acurruqué en el suelo, inclinándome por encima de la colilla de aquel cigarrillo abandonado.

39
El fin.

Era como un grano de sal que se echa a una solución saturada: los cristales se juntan en agujas, se solidifican y enfrían. Sí, todo estaba decidido, mañana por la mañana lo haría. Claro que equivalía a un suicidio, pero tal vez luego resucitaría. Porque solamente puede resucitar aquel que ha fenecido.

En occidente, el cielo relampagueaba y se convulsionaba constantemente con un color azulado. Mi cabeza ardía y martillaba. Así pasé toda la noche sentado y me dormí únicamente a las siete de la mañana, cuando la oscuridad adquirió un tinte verdoso y ya se distinguían los tejados saturados de pájaros oscuros.

Desperté hacia las diez (por lo visto hoy no había sonado la señal). Encima de la mesa seguía el vaso de agua de ayer. Lo vacié de un solo trago y salí rápidamente. Tenía que arreglarlo todo cuanto antes.

El cielo era azul, vacío, exprimido hasta la médula por la tormenta. Dentro de mí estaban las mismas sombras frágiles. No, estaba absolutamente prohibido reflexionar, tenía que privarme de razonar, de lo contrario…

No pensé en nada, quizá ni siquiera veía con claridad y solamente registraba. Encima de la calle había ramas con hojas verdes, rojas y marrones. Por los aires volaban como proyectiles unos pájaros, pero también las aeronaves. Por todas partes, cabezas, bocas muy abiertas, manos que se agitaban saludando con las ramas. Creo que todo el mundo chillaba, graznaba y zumbaba. ¡Qué locura!

Luego, unas calles desiertas y desoladas, como barridas por el azote de una peste. Recuerdo que tropecé con algo desagradablemente blando, y sin embargo, rígido y sólido. Me incliné y vi un cadáver. El muerto estaba sobre su espalda, las piernas muy separadas. Reconocí la cara por sus labios gruesos y abultados. Me reí, parpadeando. Salté por encima y seguí; ya no podía más, tenía que hacerlo todo muy rápido, si no, me arruinaría.

Por fortuna ya solamente me quedaban unos veinte metros de camino. Ya aparecía el dorado letrero del Departamento de Salud Pública. Antes de entrar, permanecí unos instantes en el umbral aspirando profundamente el aire, tanto como pude.

En el pasillo, una cola interminable de números con fajos de hojas y gruesos cuadernos debajo del brazo. Dieron un paso al frente y se detuvieron de nuevo.

Pasé de largo la cola. Las cabezas se volvían iracundas hacia mí. Caí de rodillas e imploré, como si estuviera agonizando, que me dieran un remedio, cualquier medicamento capaz de poner fin a todo, aunque provocase un dolor terrible que durara años enteros.

De una de las puertas salió una mujer, con el cinturón del uniforme muy ceñido; las dos mitades de sus nalgas se destacaban claramente, al moverse de un lado para otro. Era como si allí tuviera los ojos. Al verme exclamó:

—Tiene dolor de estómago. ¡Llévenlo al baño, allá, la segunda puerta a la derecha!

Todo el mundo se rió. Pero esta risa me saltaba como una fiera a la garganta, amenazando ahogarme; tenía que gritar. Pero alguien, a mi espalda, me tomó por el codo. Me volví y vi unas orejas transparentes. Pero no eran de color rosa, sino de ardiente rojo; la nuez parecía saltar tendiendo a romper de un momento a otro la delicada piel de la garganta.

—¿Por qué está usted aquí? —me preguntó inquisitivo, con una mirada penetrante. Me agarraba desesperadamente a su brazo.

—¡Rápido, a su despacho! Tengo que contarle inmediatamente todo. Me alegro de encontrarlo. Tal vez es lo peor: ¡haberlo encontrado precisamente a usted! ¡Es mejor así!

También él la conocía y por eso mi martirio era mayor, pero quizá se estremecería de horror, al oír mi relato. Entonces seríamos dos para matar, y ya no estaría solo en mis últimos instantes.

La puerta se cerró; sentí una extraña paz, un vacío, al igual que debajo de la campana de cristal. Si hubiera dicho una sola palabra, aunque fuera la más descabellada, se lo habría contado absolutamente todo sin dudar. Pero guardaba un silencio sepulcral.

Sin alzar la vista comencé a hablar por fin:

—Creo que siempre la he odiado, ya desde el principio. He luchado conmigo mismo… No, no es verdad, no podía ni quería ser salvado, quería arruinarme, ya que tenía más valor para mí, más que todo lo demás, es decir, la quería solamente a ella. Y la quiero aun ahora, a pesar de que lo sé todo. ¿Se ha enterado de que el Protector me ha llamado?

—Sí.

—Pero lo que seguramente no sabrá es lo que me dijo el Protector. Era como si se me hundiera el suelo bajo los pies. Así, como si de pronto estuviera usted detrás de un escritorio, y el papel desapareciera. Como si todo se convirtiera en una sola y enorme mancha.

—Bien, siga, siga. ¡Apúrese, afuera esperan muchos otros! Titubeante unas veces y atropellándome otras, le conté todo lo que pasó y todo lo que he retenido en estas páginas. Le hablé de mi propio yo y de aquel otro. De lo que ella había dicho de mis manos durante el paseo (sí, con aquello había empezado todo). Y cómo había dejado de cumplir con mis obligaciones, cómo me engañé a mí mismo; y cómo ella me había dado unos certificados. Cada vez me enredaba más. Y, finalmente, le conté cómo llegué por los pasillos subterráneos al país de más allá del Muro Verde.

Los labios levantados irónicamente como una S me daban imperceptiblemente las palabras clave; sonreían y yo lo miraba con gratitud. Pero, ¿qué era todo esto? De pronto estuvo hablando él. Ya no era yo quien contaba, ahora yo no hacía más que escuchar. Parecía helárseme la sangre en las venas. Pregunté:

—¿Cómo es que lo sabe? ¡Nadie se lo puede haber dicho!

No respondió, sólo se acentuaba su sonrisa burlona. Después de un rato dijo:

—Quería que no se sepa algo. Ha ido mencionando a todos los que descubrió al otro lado del muro, pero se ha olvidado de cierto individuo. ¿Ya no recuerda que me vio allí? ¡Sí, era yo, me vio a mí!, ¿no es verdad?

¡Silencio y quietud!

Tuve una idea vergonzosa, ¡también él pertenecía a los otros! Todo el martirio que había experimentado, todo cuanto con mis últimas fuerzas había sabido arrastrar heroicamente aquí, resultaba ahora tan ridículo como la antigua historia de Abraham e Isaac. Abraham, bañado de frío sudor, ya había llegado a alzar la mano con el cuchillo contra el hijo y contra sí mismo cuando una voz desde las alturas le dijo:

—Detente, no ha sido más que una broma.

Sin apartar mis ojos de la mirada irónica, apoyé ambas piernas contra el canto de la mesa, tirándome lentamente hacia atrás con el sillón. Luego me levanté de un salto y corrí en dirección a la salida, cruzando entre la multitud vociferante.

No sé cómo llegué al baño de la estación del subterráneo. Arriba todo estaba destrozado, exterminada la más elevada y más racional de todas las civilizaciones, pero aquí, abajo, por alguna ironía del destino, todo seguía tan hermoso como antes. Pero también aquí llegaría la destrucción, también aquí crecería alta la hierba y los mephi reinarían funestamente.

¡Qué pensamiento tan horrible! Mi quejido provocó un sonoro eco. Y en este mismo instante, alguien me acarició cariñosamente el brazo. Era mi vecino, el de la habitación contigua a la mía, que se encontraba en el asiento de la izquierda.

–Todo volverá –dijo–, pero, ante todo, el mundo ha de conocer mis descubrimientos. Usted es el primero a quien se lo comunico. He conseguido determinar que no existe el infinito.

Le miré consternado.

–¡Sí, sí, no existe el infinito! Si el mundo fuera infinito, entonces la densidad media de su materia tendría que ser cero. Y como esta no es cero, como sabemos, el Universo ha de ser finito, ya que tiene forma esférica y el cuadrado del radio universal: y = densidad media, multiplicada por... Ahora ya solamente me falta calcular el coeficiente y luego todo será más que fácil. Entonces obtendremos una victoria filosófica, ¿me comprende? ¡Pero oiga, querido amigo, está estorbando mis cálculos, no hace más que gritar!

No sé lo que me conmovió más, si su descubrimiento o su serenidad en este momento apocalíptico. Llevaba en la mano un librito de notas con una tabla de logaritmos (solamente ahora me daba cuenta de este detalle). Pensé: "Antes de que todo quede destruido, acabaré mis memorias, se lo debo a mis lectores".

Le pedí a mi vecino que me diera papel y acabé por escribir estas líneas. Quería poner el punto final, del mismo modo que nuestros antepasados ponían una cruz sobre las tumbas de sus muertos, cuando de pronto el lápiz comenzó a temblar en mi mano y cayó al suelo.

–Oiga usted –dije agarrando a mi vecino por el brazo–, respóndame una pregunta: ¿qué hay allí donde acaba, donde termina su cosmos finito? ¿Qué hay allí?

Ya no tuvo tiempo de contestarme, es que por la escalera descendían unos pasos pesados y sonoros.

40

Factores.
La campana.
Mi convencimiento.

Es de día. Hay claridad. El barómetro marca 760.

¿Realmente yo, D-503, habré sido capaz de haber escrito todas estas páginas? ¿He sentido, experimentado, verdaderamente todo lo que he anotado o acaso solamente lo he soñado?

Sí, desde luego la escritura es de mi puño y letra. También es mía la caligrafía de esta página, pero ahora ya no se habla de fantasías y sentimientos sino únicamente de factores. Vuelvo a estar sano, totalmente curado. Inconscientemente sonrío, y es que no puede ser de otro modo: me han extirpado una partícula de la cabeza y experimento un gran vacío, un gran alivio. No, no se trata de ningún vacío, lo único que sucede es que ya no hay nada que me impida sonreír (la sonrisa es el estado normal de una persona normal).

Veamos los factores. Anoche, tanto mi vecino que había descubierto lo finito del espacio como también yo y todos los demás números que no tenían el certificado de haber sido operados, fueron detenidos, y llevados al auditorio más próximo. Allí nos ataron a las mesas y luego fuimos sometidos a la intervención quirúrgica: la extirpación de la fantasía.

Esta mañana fui, yo, D-503, a ver al Protector y le conté todo cuanto sabía acerca de los enemigos de la felicidad. Ahora no comprendo por qué, antes, todo me había parecido tan difícil. Solamente puede haber una explicación, y no es otra que mi enfermedad, mi alma. Por la noche, estuve sentado en la misma mesa del Protector, en la cámara del gas.

Trajeron a I-330. Tenía que concretar una detallada confesión en mi presencia. Pero ella calló tercamente. Lo único que hizo fue sonreír.

¡Observé sus dientes tan blancos y tan hermosos!

La hicieron sentar bajo la campana de cristal. Su rostro fue palideciendo, pero sus ojos grandes y oscuros relucieron aún más. Cuando extrajeron el aire de la campana, echó la cabeza hacia atrás, cerró los párpados y apretó los labios. Este detalle me recordó algo indefinido. Se agarraba violentamente a los brazos del sillón y me miró hasta que se le cerraron los ojos a la fuerza. Luego la sacaron de la campana de gas, y la hicieron volver en sí con una descarga eléctrica, para ponerla nuevamente debajo de la campana.

La escena se repitió tres veces, pero ella no dijo ni una sola palabra. Los otros, que habían sido traídos a la sala al mismo tiempo que ella, fueron menos reacios, la mayoría confesó rápidamente. Mañana todos subirán por los peldaños de la máquina del Protector.

Tenemos la obligación de activar el asunto, ya que no admite retrasos. En los distritos occidentales sigue existiendo el caos, el griterío, los cadáveres, los animales y desgraciadamente también un enorme contingente de números que han traicionado a la razón.

Pero nosotros hemos conseguido levantar en el Prospekt 40 un muro provisional de alta tensión. Tengo la esperanza de que la victoria será nuestra. Estoy convencido que venceremos.

¡La razón prevalecerá!

Índice